LA CAMA DE ERNESTINA GÓMEZ

Mara Viguié

La Cama de Ernestina Gómez es una historia llena de magia, esa que te atrapa desde el inicio de la lectura y que te va paseando por diferentes emociones. La autora, haciendo buen uso de figuras literarias, nos envuelve en un contexto donde se unen la realidad con la fantasía, la nostalgia con la tristeza y las risas en los momentos más inesperados. Es este tipo de lectura placentera, la que de manera muy sutil nos hace escapar de la cotidianidad al sentirnos parte de la historia y que al finalizarla deja esa sensación que se siente al despedir a un ser querido que parte a un largo viaje. Es una historia encantadora!

Mairela Chopite
Periodista

A mis hijos, mi esencia.

A Natalia, gracias por tu invalorable tiempo.

A mi compañero de vida.

A mi hermana, constante.

A ese sentimiento…

Introducción

Ninfa nacida de los sueños, de los impertérritos espíritus que aclaman la dulzura de los niños. El menoscabo de la ira, la complacencia del verso.

En el bosque umbrío, donde las raíces retorcidas de los árboles se agarran a la tierra, revolotea trayéndoles la vida, la lluvia, el canto de los pájaros y si fuera invierno, ella lo torna en primavera.

El pescador exánime la miró y recibió agua de los labios de ella, de sus senos, del sudor de su cuerpo... Los labios resquebrajados por la sal poco a poco recuperaron color tras varios días de esa música que surgía de los ojos de su sirena. Los momentos que la piel de ella lo tocaba, eran como instantes eternos perdidos en un amanecer.

Su presencia era hermosa, una mujer de inenarrable belleza. Inmediatamente la amó con todo su corazón marino.

Ella le dio agua, mas no sólo eso sucedió... Cuentan las estrellas que el pescador vibró cuando ella se dispuso a su lado y le acercó su cuerpo... Él respondió con un abrazo entre los objetos tirados en el piso de una embarcación apretujada en el caos. Ella acomodó su cuerpo junto al de él, lo miró de frente, le tocó una mano que guió por todo su cuerpo y le mostró una entrada...

I
La Muerte

La calle estaba cundida por el enjambre de gente aglomerada en las cercanías del edificio, a pesar del agua que caía sobre ellos. El automóvil negro del Jefe municipal, dos carros policíacos con sus luces titilando y una ambulancia, estaban parados en el frente del 705 de la calle principal del Barrio Cocores, en donde tres agentes vigilaban la entrada, herméticos y muy serios. Los vecinos mojados e inquietos, permanecían reunidos detrás de la cinta amarilla. Nadie sabía con detalles qué había sucedido en el tercer piso, de lo que sí estaban seguros era que la tragedia los había visitado. Los vecinos lo descubrieron, cuando al principio un fino hilo de sangre que provenía del edificio, iba haciéndose cada vez más ancho y caía por los tres escalones de la entrada, precipitándose en la vía lenta y espesa, a pesar de la lluvia, y seguía camino al mar. Desvelados, al salir de sus casas divisaron enseguida el carro de Casimiro Arbeláez parado frente al edificio y, la corriente mansa y granate que fluía de la estructura. Todos en el barrio habían salido la madrugada de los hechos, desvelados y sin razón aparente, atraídos por el aroma a coco, miel y naranjo que mezclado con el aire salobre ya otras veces les había estimulado el olfato. En esas pasadas ocasiones llenándolos de una euforia inexplicable, pero esta vez, por el contrario, el aroma les causó a todos una tristeza, un desazón que nadie comprendía, los había levantado a todos esa madrugada deprimidos, haciéndoles salir a la calle en busca de una respuesta.

En el apartamento del tercer piso estaban todas las luces encendidas, como siempre la ventana estaba abierta de par en par. La madrugada era gris oscuro, un viento fuerte llevaba consigo el aroma por todas partes, la lluvia, aunque no fuerte, entorpecía el proceso de la policía y empapaba a los curiosos.

El mar rugía colérico, llenando el ambiente con su iracundo reclamo, en el cielo encapotado se dibujaban intervalos luminosos de fuertes relámpagos. Ahora todos estaban seguros que la sangre que brillaba granate en la semioscuridad de esa hora, era la fuente del aroma que les invadía causándoles el desvelo. Muchos de ellos se vieron tentados y, poniendo el dedo sobre el líquido rojo y viscoso lo llevaron a la lengua para comprobar que el sabor dulzón, en donde el coco y la canela se mezclaban con el amargo del naranjo y lo salobre del mar, era compatible con el olor que se sentía en el aire y que los tenia tan tristes.

El Jefe Municipal de Constanza, después de varias horas salió muy descompuesto. Parado frente a la entrada se dirigió a todos los que allí estaban, esperando una respuesta que les diera alguna luz sobre los hechos acaecidos esa noche. Vestido de traje oscuro, con la corbata suelta, y una mancha de sangre en el inmaculado blanco de su camisa. Con su rostro demacrado y la evidente hinchazón en sus ojos por el llanto, aclarando su garganta repetidas veces, no sorprendió a nadie con lo que dijo. Todos presentían que la tragedia ocurrida en aquel apartamento le había destrozado la vida a la máxima autoridad del Municipio de Constanza y no se equivocaban. Casimiro Arbeláez, como un fantasma invadido por la angustia, cumplió con su deber. Ya para ese momento el cielo se estaba despejando. La lluvia y los rayos habían cesado y el día se abría claro y manso.

II
El Barrio Cocores y el país de Paraná

El barrio Cocores, estaba sembrado en el municipio Constanza, en la ciudad de Ventura capital del estado de Quinvores, en el país de Paraná, en la parte sur este, en una punta de tierra que sobresalía al mar altanera para ser bañada por el majestuoso océano. El país aparecía minúsculo en el mapa, realmente era muy pequeño, con costas marítimas en todos sus contornos, menos en el norte, en donde hacia límites con un país diez veces más grande. La ciudad de Ventura acobijaba en unos de sus rincones, muy cerca de la playa, al barrio Cocores la cuna de nuestra historia.

Ventura estaba llena de playas vírgenes y de historias mágicas, con visos míticos que atraían la curiosidad de los forasteros. La economía, como en todo el país, dependía casi toda del coco sembrado en sus paradisíacas playas, prodigiosas, de arenas blancas como la sal, con aguas turquesa de una transparencia impoluta y tibias todo el año. Su gente era pintoresca y alegre por naturaleza, pero sin dejar de adolecer las pasiones y miserias de todos los humanos, muchas de las cuales vamos a conocer en esta historia. Solamente que allí las debilidades se disolvían benignamente en la mágica atmósfera y todas las historias se volvían míticos relatos con el paso del tiempo.

El país entero dependía además del coco explotado en todas sus variantes, desde comestible hasta cosméticos y artesanías.

Igualmente dependía de la pesca, ejercida por muchos de los hombres de la pequeña nación. Pero del fruto de cascara dura y pulpa blanca que agradecido nunca dejaba de reproducirse en todo el país todo el año, era la industria más prospera de Paraná. Según decían los expertos en esa materia, los cocos de ese país daban la leche más dulce y abundante del mundo. Decían también que la leche materna de las mujeres de Paraná sabía a pura leche de coco y que era muy abundante. Razón por la cual los niños de esas tierras tenían cara de felicidad desde que venían al mundo y que la piel nacarada de sus mujeres también era efecto dé la maravillosa leche del fruto. Paraná estaba sembrado de cocotales por todas partes, hasta la Casona presidencial, tenía a su alrededor grandes extensiones plantadas de la maravillosa palma. En su bandera en vez de estrellas, espadas u otro símbolo patrio aparecían entrelazados una sarta de cocos verdes, sobre un fondo completamente blanco. Era justo darle ese puesto de honor al fruto, porque hasta las batallas, cuando los españoles vinieron a tomar la historia de los felices indios de esa región, fueron libradas por los aborígenes a punta de cocotazos, en contra de los españoles, quienes respondían con pólvora y machetazos. Los pobres aborígenes huían despavoridos a la playa refugiándose en las cuevas para reagrupar sus fuerzas y reunir más cocos. Salían de nuevo a combatir al intruso, con el único escudo hecho de la valentía de sus hombres y cómo única arma la fruta dura que ellos convertían en certeros proyectiles.

El barrio en donde vivía Ernestina Gómez y que la había visto nacer, estaba a pasos de la playa, de gente trabajadora y sana, las calles cubiertas de arena blanca, en donde a cada paso un vendedor de dulces ambulantes asaltaba a los transeúntes con delicias azucaradas hechas de la pulpa del fruto nacional. Poniéndoselas muy cerca y ofreciendo pruebas gratis de alguna nueva combinación. Todas las recetas eran invento de las veteranas negras, descendientes de los esclavos que habían traído los españoles directamente de África. Las mujeres prietas sofocadas por el calor de sus enormes pailas, unían la pulpa blanca con toda clase de raíces o frutas tropicales: piña, batata, ñame, mango, yuca; meneándolas con inmensos cucharones de madera para obtener un nuevo sabor. Las esquinas estaban reservadas exclusivamente a los pequeñísimos colmados, que además de alimentos vendían, agua de coco, cervezas heladas. Sin el mínimo respeto a los avances enormes de la tecnología, en aparatos casi prehistóricos, tocaban la música que encendía a los pobladores de aquel país y sobre todo los de aquel mágico barrio. Al ritmo de los tambores y acordeones tocando armoniosamente al unísono melodías calientes que soltaban al instante las caderas de sus mujeres y enardecían a sus hombres. Ellos sacando sus pañuelos blancos y enarbolándolos, perseguían el vaivén contagioso de las caderas femeninas que se desplazaban lentas y sensuales sin despegar los pies del suelo. No hacía falta un motivo para bailar en Cocores, solo pasar por una esquina para entregarse al ritmo, unido con los aplausos y el beneplácito de los parroquianos.

Las calles de Colores siempre repletas de niños bronceados y despeinados, muchos de ellos mulatitos, quienes allí jugaban sin ningún peligro bajo la sombra de las palmas. Los tumbadores de cocos siempre trepados, como monos, en las copas de las palmas, tirando la fruta que hábilmente era recibida por un segundo, quien iba acumulándolas en enormes sacos de fique. Las casas y edificios sembradas en el alegre barrió casi nunca eran visitados por la desgracia, a no ser una que otra muerte por causas naturales de sus más antiguos habitantes. Razón por la cual algunos eventos trágicos eran de mucha relevancia, causando gran revuelo, recordados para siempre e incluidos en la bitácora histórica de aquella comunidad.

Las construcciones en Cocores eran todas de la misma época, parecía como si el reloj de la arquitectura se hubiese detenido en el tiempo. Unas construcciones restauradas, y otras cayéndose por lo viejas, pero todas muy pulcras y agradables, con jardines floridos sembrados con arbustos. A pesar de lo viejas que eran algunas, todas eran resistentes al clima, incluyendo a violentos huracanes y tormentas que azotaban la región con frecuencia. Todas con palmas repletas de coco en sus patios. Sin discriminar, en esos patios siempre había hamacas tejidas en colores vivos, que eran parte importante de la vida de la población. Muchos de ellos habían sido concebidos en la mecida de una hamaca y aseguraban con seriedad que a eso se debía la habilidad de bailar con la que todos ellos nacían.

III
La Cama de Ernestina Gómez

La cama de Ernestina Gómez llegó al barrio Cocores, de la ciudad de Ventura, una mañana soleada en un camión muy viejo y destartalado, la bajaron entre dos hombres fuertes, con trabajo porque era muy pesada; venían de parte de Don Eleuterio Pernalette, el mejor ebanista de la ciudad. Al reconocido ebanista, Ernestina le había encomendado la fabricación de aquella cama, porque el señor, además de viejo amigo de su madre, era una autoridad en la materia. Aunque ya estaba retirado Don Eleuterio Pernalette accedió feliz a fabricar la cama para la nieta de su muy querida y difunta amiga Ernestina Gómez la treceava e hija de la no menos apreciada, Ernestina Gómez la catorceava. Abrió de nuevo su taller, sacudiendo el polvo de los años, escogió las vigas de madera más sólidas y hermosas, las de mejor calidad los mejores clavos, el mejor barniz y sacó sus más preciadas herramientas, para comenzar a hacerla con absoluta dedicación. El más que nadie sabía que una Ernestina Gómez de la dinastía de los Gómez de la ciudad de Ventura, merecía una cama con características de trono y no por el apellido Gómez precisamente, sino por las Ernestinas. Se esmeró en el encargo de la muchacha, no le cobró ni un centavo que no fuera por los materiales, porque la mano de obra, su tiempo y sus recuerdos los dio gustoso en la tarea. Revivió feliz, mientras lijaba la madera y la sobaba con sus dedos tortuosos por la artritis, los mejores momentos de su vida al lado de la abuela de Ernestina.

Mientras los niños de la calle se arremolinaban alrededor del viejo camión, vociferando sobre la música que venía de la esquina más cercana, llamaban a Ernestina para avisarle que su cama había llegado. Los perros ladraban, levantando una gran algarabía que obligaba a los vecinos a asomarse a las puertas curiosos, para averiguar qué causaba tal revuelo. Ella, Ernestina, con medio cuerpo afuera, sus cabellos alborotados al viento con destellos dorados verdosos, con una gran sonrisa, asomada a la ventana les daba instrucciones a los dos hombres para que la subieran al tercer piso. "Aquí, aquí, súbanla por aquí" gritaba feliz batiendo sus brazos y tintineando sus pulseras de plata, señalándoles la entrada. Las mujeres del barrio miraban resentidas el mueble hermoso, que era bajado para quien a muchas de ellas no dejaba dormir en paz y que otras hubiesen querido desaparecer para siempre.

Aunque estaba medio desarmada los hombres sudaron a mares para subirla hasta el tercer piso del edificio de escaleras estrechas. Los niños necios los seguían, dificultando aún más el proceso del ascenso, los perros continuaban ladrando desde la calle. Los vecinos no querían entrar a sus casas, varios hasta se se acercaron a ver el mueble de cerca. En resumen, que la llegada de esa cama marcó un día que todos en el barrio recordarían para siempre. Dos pasos adelante y uno hacia atrás, para no maltratar la cama inmensa. Así continuó la procesión hasta llegar al tercer piso. Ernestina puso las partes juntas con la ayuda de los dos hombres y de Tavo el carnicero, quien además de ser su buen amigo también pasaba buenos ratos a su lado, eso sin compromiso porque sobre

Ernestina Gómez nadie tenía derechos adquiridos y mucho menos en ciertos campos.

Ernestina vivía en un edificio construido casi un siglo atrás, muy deteriorado como tantos otros del barrio Cocores. Con dos cabezas de leones flanqueando la entrada, que ya casi habían perdido la melena de cemento, la cual se desmoronaba al pasar de los años. El #705 de la calle principal de Cocores tenía tres pisos y dos apartamentos en cada uno de ellos, era uno de los más viejos y deteriorados del barrio. La muchacha ocupaba uno en el tercer piso desde que su madre la había traído al mundo. Allí vivían cuando ella murió siendo todavía joven y en extrañas circunstancias, dejándola sola cuando apenas estaba en la adolescencia.

A pesar de lo mucho que decían de Ernestina la Catorceava, ella tenía los recuerdos más dulces de su madre, quien supo darle afecto sin escatimar y cuidados esmerados de madre. La recordaba acariciando sus cabellos muy largos, buscando entre ellos el pequeño lunar que la niña tenía en el cuero cabelludo. La marca de nacimiento tenía la forma perfecta de una herradura, diminuta, pero bien definida y de color muy oscuro. "Este es tu talismán de la buena suerte hija", la niña inocente miraba y asentía, sin encontrarle sentido a las palabras de su madre. Tampoco nunca vio a un hombre en su casa, si de algo se cuidó Ernestina la catorceava después de su nacimiento era de tener a sus amigos al margen de su hija. Nunca le dijo quién era su padre, y cuando ella le preguntaba se evadía con caricias y palabras tiernas, diciéndole que su padre era el viento, el sol, el agua y que

21

por eso ella era tan bella. Murió su madre y se llevó el secreto de quién había plantado la vida en su vientre, aunque habían muchas versiones en el pueblo de quien podía ser. A lo que al sexo se refería su madre se lo planteaba como una bendición del cielo, que pocos mortales sabían honrarlo y el cual no era solo fuente de gozo físico, sino también espiritual. Al amor se lo definía como un sentimiento sublime; que al atraparse y no darle libertad se rompían sus alas, convirtiéndolo en dolor. Lección que Ernestina la quinceava aprendió al pie de la letra. La crueldad de la gente se encargaba de enlodar frente a ella el recuerdo de su madre, pero esto nunca afectó a Ernestina, quien al pasar de los años pudo comprender a su madre completamente.

Colocaron la cama en el centro de la pieza, justo al frente de la ventana que daba a la calle principal, por donde se colaba una deliciosa brisa que venía directamente del mar e inundaba el espacio con el canto de las olas, apagando el bullicio de la calle. "Aquí, justo aquí la quiero Tavo", dijo Ernestina, dando media vuelta sobre sus pies, ondulando su falda larga medio transparente. Mostraba el espacio con sus brazos abiertos, batiendo sus pulseras y alborotando su pelo.

Enseguida que despacharon a los hombres que la habían traído, Ernestina y Tavo la estrenaron con un brindis de cerveza. La cama era de madera oscura casi negra, sólida y muy alta, como ella la soñaba. "La quiero muy alta Don Eleuterio, tanto, que cuando me acueste me sienta en el cielo y mi vista llegue hasta el mar" le dijo al ebanista cuando le pidió que la hiciera, llena de ilusión. Y así la hizo el viejo, tan alta que sobrepasaba al nivel de la ventana, ella tenía que deslizarse hasta el suelo para bajarse, sentada sobre ella sus pies no llegaban al piso. Acostada dominaba sin trabajo lo que pasaba en esa calle del barrio. Su mirada, como lo deseaba, llegaba hasta el mar y podía sentir la brisa marina en todo su cuerpo.

Aunque Ernestina vivía en el tercer piso, gracias a la altura del lecho no era difícil si se le ponía empeño, como el viejo Nicolás Benavides quien vivía en el edificio del frente, ver las cabalgatas deliciosas que Ernestina emprendía a menudo con cualquiera de sus tres amigos: el pintor, el carnicero o el jefe municipal. Emocionaban al viejo hasta el llanto convulsivo al ver aquellas escenas maravillosas, con ayuda de sus antiguos binoculares y música clásica de fondo. La emoción de Don Nicolás no era de placer malsano, sino de emoción por lo magnifico de aquel acto de Ernestina. Sin importar cuál fuera el afortunado ejecutaba siempre la muchacha una faena tan magistral, que el viejo decía al terminar entre lágrimas y risas y con su cacho enarbolado, a pesar de su edad tan avanzada y oyendo su pieza musical favorita: "¡Bravo! ¡Bravo! ¡Bravísimo muchacha!"... "¡Cómo pueden llamarte puta si eres toda una reina!". Aquella mujer dotada por la naturaleza de un don especial, lo hacía llorar por haber perdido sus años mozos sin haber encontrado en su camino una como ella, quien le diera el goce sin dimensiones que Ernestina le daba a sus amigos y por la emoción de ver algo tan hermoso y estimulante que de ninguna manera podía definirse como vulgar y corriente, pensaba el viejo emocionado. Era extremosamente carnal sí, pero a la misma vez

23

sumamente espiritual. Ernestina se percató de la vigilancia del viejo, una tarde encaramada sobre el jefe municipal como Dios la había traído al mundo, cabalgando con la gracia de una ninfa efidríade sobre la máxima autoridad del distrito de Constanza. En un cambio repentino de posición, cuando el hombre le decía con rostro iluminado y respiración muy agitada asido a sus caderas: "¡Hay Ernestina, mi niña estoy llegando a la gloria!", en ese preciso instante fue que ella vio a través de la ventana los binoculares en una de las del edificio del frente, que tapaban casi todo el rostro del viejito, pero a pesar de ello la muchacha sabía que era Don Nicolás. Comprendió de inmediato que cerrar las cortinas era un egoísmo desmedido, porque evitaría que aquel viejo solitario sin ilusiones en la vida, y que además ella sabía que era todo un caballero, disfrutara un buen rato de lo que la vida le había negado. Desde ese día Don Nicolás admiró y respetó más a Ernestina Gómez, quedando como testigo constante y silente con la aprobación generosa de la muchacha, de todos sus encuentros amorosos en el mismo lecho. Ernestina pasò a ser para el viejo tan valiosa en su triste vida, como lo era el recuerdo indeleble de su Nácar.

Lo único valioso de la vivienda de Ernestina, que estaba llena de cosas de segunda mano, algunas sencillas y otras excéntricas, era la cama tallada en fina caoba de color oscuro y revestida de un barniz muy fino. Le había entregado a Don Eleuterio todos sus ahorros para comprar los materiales y valió la pena. Era muy ancha y muy larga, tanto que ella se veía minúscula sobre ella, de líneas simples, pero imponentes. Tenía una repisa alta en la cabecera en donde ella colocó una pequeña planta que bajaba hasta el tope del colchón con hojas brillantes y saludables, libros de variados temas, porque ella era adepta a la lectura. También había lociones y aceites de aromas deliciosos a base de leche de coco y miel, con los que suavizaba su piel y daba unos masajes mágicos a sus invitados. Junto a la planta puso una lamparilla de minúsculo tamaño que alumbraba con velas de olores exóticos y le daba a la habitación una luz suave en las noches, que embobaba a sus amigos. La cama tenía cuatro pilares altos, uno en cada esquina, finamente tallados a mano por Don Eleuterio Pernalette.

En habitación de Ernestina Gomez, no había horario ni reglas para amarse, bien podía ser en la claridad del día sí los amantes así lo pautaban o en la penumbra de la noche. Don Nicolás, alargando su nariz ansioso, podía percibir desde su ventana los aromas que provenían de la habitación de la muchacha, haciendo más gratificante su experiencia. Si estaba en la penumbra igual divisaba el danzar de las siluetas que se engrandecían a la luz de las velas.

Ernestina vestía la cama de blanco puro, con sábanas y edredón de suave algodón, siempre limpios y olorosos a lavanda, muchos cojines del mismo color. Daba la impresión que más que una cama era una nube escapada del cielo, que se había atorado en aquella estancia. En la pared de la izquierda guindaba el único cuadro de la única habitación del pequeño apartamento. Su imagen completamente desnuda tirada sobre su cama tendida de blanco, con sus piernas relajadas, sin malicia y con un libro entre sus manos. Sus cabellos rizos sobre su cuerpo perfecto, que Mateo había pintado en un color indefinido, tratando de captar sus matices naturales, esparcidos alrededor de su desnudez, eran el marco perfecto de aquella inenarrable belleza.

El cuadro fue un regalo de su amigo el pintor, aquel que además de usar el pincel con gran talento le escribía hermosos poemas, comparándola en ellos con las ninfas del mar que hechizaban a los náufragos con sus cantos, llevándolos hasta el delirio y dándoles el placer extremo de estar con ellas, ayudándoles a conseguir el rumbo perdido. A ella le emocionaba el rostro triste de Mateo, sus manos de dedos largos de acariciar suave y su entrega total y absoluta a la hora de amarla.

IV
Ernestina la Quinceava

Entrar en aquella habitación era como entrar a un mundo excelso, en donde ella era la princesa complaciente y complacida. En donde se oían campanillas de gloria emitidas por sus pulseras de plata al menor movimiento de sus muñecas, y en donde todo se volvía placer, gozo espiritual, felicidad indescriptible. En esa habitación, sobre aquella cama se encontraban respuestas, se olvidaban las penas y preocupaciones, se calmaban ansiedades, se hacían planes, se trazaban nuevas metas y se resolvían problemas. Desaparecían los dolores del cuerpo y se recuperaba la salud, se curaban las heridas del alma. Se conseguía la inspiración para crear o la fuerza para luchar y, lo más importante: se era completa e inmensamente feliz. Solo aquellos que la habían compartido, sabían lo maravilloso de estar en la cama con Ernestina. Ella no era una puta, no, ni una mujer fácil, ni nada parecido, era una mujer joven, portentosa, con la magia en su cuerpo de nereida, un espíritu superior con conocimientos deliciosos que disfrutaba y compartía con sus amigos. Sus principios eran sólidos como una roca, pero muy pocos los comprendían, porque sus valores escapaban a los patrones establecidos. Sus dotes estaban basadas netamente en el don espiritual heredado de las Ernestinas Gómez quienes la habían antecedido, imposible de explicar con palabras y mucho menos de imitar.

Decían los más viejos, repitiendo historias que venían de generación en generación, que la segunda Ernestina había sido concebida en una cueva a la orilla del mar y que su padre era un pirata. Repetían la vieja historia que fue de boca en boca, de generación en generación, pero de la que nadie en realidad podía dar testimonio, pues solo era basada en las palabras de la primera Ernestina de la dinastía, quien insistía en que había concebido a aquella hija de un pirata que había estado de paso en Ventura y a quien solo ella conoció en la Cueva Las Mujeres. Lo cierto si era que el Don de ellas provenía de lo más íntimo de la naturaleza. Brotaba espontáneo e impredecible, como lava de volcán y frescor de oasis a la misma vez. Ella, la última Ernestina, desplegaba todo esto con y ante sus amantes, sin ninguna intención preconcebida que no fuera darle gusto al cuerpo, enaltecer espíritu y ser junto a su compañero de cama plenamente feliz. Si algo no podían negar sus amigos era que una experiencia sexual con ella tenía mucho de espiritual, aunque con palabras no pudieran explicarlo.

Ernestina la quinceava no llegaba los treinta, aunque ya estaba muy cerca, mediana estatura y contextura más bien frágil, eso sí con muy buenas piernas firmes y bien torneadas, un torso largo y proporcionado que terminaba en su estrecha cintura. Su rostro parecía de nácar, sus ojos dos cuencas verde mar, diáfanos y muy grandes, con unas cejas de perfecto trazo, la nariz pequeña y los labios carnosos y húmedos que nunca pintaba, y siempre mordía en un extremo con un gesto pícaro y natural como queriendo alcanzar un pequeño lunar que tenía en borde derecho de su boca.

Las Ernestinas, fueron todas mujeres de belleza exótica y poco común, aunque todas eran muy parecidas, ésta, la quinceava, ella era la réplica exacta de la primera, con la misma belleza difícil de describir, el mismo porte, el mismo tono en sus cabellos y con el mismo temperamento de la primera Ernestina, nacida más de un siglo atrás. Ninguna de las anteriores era tan idéntica a la que originó la particular dinastía como la quinceava. Todas sin excepción tenían el mismo color del mar y la forma de almendra inmensa en los ojos y el tono dorado verdoso de los cabellos, pero la última era exacta a la primera, palmo a palmo sin perderle un trazo. Más de un miembro curioso de la familia sacó de los baúles de recuerdos antiquísimos daguerrotipos de Ernestina la primera para confirmar el asombroso parecido entre ambas "Es su maldita reencarnación", decían asombrados sin saber hasta donde llegaba realmente el parecido. Ella misma había visto uno que su madre guardaba como un tesoro, en donde aparecía la primera en un daguerrotipo amarillento sentada en una silla de patas retorcidas y un león en el respaldar, donde la joven sonreía ataviada con un traje a la usanza de aquellos tiempos y los cabellos sueltos enmarcando el rostro que parecía el de ella. Al verlo reaccionó con sobresalto, con la impresión al principio que era ella, que de alguna manera regresó del pasado. Nunca hubo otra Ernestina tan exacta a la primera como la quinceava. Ernestina desde muy niña se sintió estrechamente ligada a aquella primera mujer, quien había iniciado una cadena generacional de mujeres, que pocos comprendían, que muchos amaban, todos deseaban y pocos verdaderamente llegaban a conocerlas.

Se vestía de manera particular, faldas muy largas de telas ligeras y algo transparente, su pecho siempre libre de ropa interior que lo oprimiera, apunto de infartar a los hombres y amargando a las mujeres. En sus muñecas siempre había muchas pulseras de plata que batía con gracia y nunca se las quitaba, su cara lavada sin ningún maquillaje, sus cabellos salvajes de un castaño indefinido, rizados y locos, cayendo en su espalda que bajo el sol tenían destellos verdosos. Al pasar dejaba un aroma que era una mezcla del olor de la canela y a la flor de naranjo, de coco y miel. Su voz era suave y diáfana, su caminar sin afectaciones, natural, fluido. Así era Ernestina Gómez, la mujer más deseada y más juzgada de la ciudad de Ventura que vivía en el barrio Cocores del Distrito de Constanza.

La muchacha vivía sola, de su origen nunca hablaba, aunque en realidad todos sabían que venía de una rara tradición de Ernestinas Gómez, y que éstas provenían de la muy rimbombante y conocida familia Gómez de la ciudad de Ventura. Los Gómez, quienes se definían como poseedores de altos e inflexibles patrones de moralidad, en donde su madre, su abuela, su bisabuela, su tatarabuela y así por catorce veces antes que ella, hasta llegar a la primera, fueron la mancha oscura para la encopetada familia. Por quince generaciones una Ernestina Gómez con los mismos talentos, singular belleza, con el mismo nombre y apellido, sin que ninguna llegara nunca al matrimonio. Según los miembros de aquella familia, ellas los llenaban de vergüenza, con sus vidas libres e inmorales, eran una tara maldita en la estirpe de los

Gómez. Cada una de ellas había traído al mundo en cada generación a una hija, sin padre. Todas las Ernestinas Gómez al crecer serían las sucesoras de la historia, que enlodaba a toda una familia, sin que a ellas les perturbara.

Habían nacido todas en una pequeña casa que pertenecía a la familia, situada en una elevación muy cerca de un acantilado al borde del mar, era lo único que aceptaban ellas de la familia, ese espacio para aliviar su preñez. Todas las Ernestinas tuvieron allí a sus criaturas, menos la primera que según decían había traído su hija al mundo en la cueva Las Mujeres, la más grande y hermosa de las muchas que tenía la costa de Constanza y en la misma que, según decían, la había concebido. Las demás parieron allí, atendidas por comadronas que recibían a las niñas con los ventanales abiertos en donde los gritos de las madres y el llanto de las criaturas se fusionaban con el rugido del mar. Después de recibir a las niñas se alejaban con su cría para siempre. La nuestra, la última, seguía el mismo idéntico patrón que su madre y todas las Ernestinas Gómez que la antecedieron, a excepción que todas a su edad ya habían parido una única hija, todas habían muerto o desparecido jóvenes en extrañas circunstancias, más o menos a la edad que ella tenía.

En cada generación de esa familia, para mortificación de todos ellos, siempre había una Ernestina vigente, aunque no era aceptada por su origen y su estilo de vida, tenían el derecho a una pequeña parte del patrimonio que nunca reclamaban. La Ernestina que ocupa nuestras líneas sabía del odio que su pariente Francisco Gómez, el patriarca de la estirpe, le profesaba gratuitamente porque nada hacía ella para provocarlo, a no ser que él lo mereciera. Francisco Gómez no era más que un viejo camandulero, acartonado, avaro y egoísta, a quien solo le importaba el qué dirán y el dinero de la familia. Detestaba la tradición de las Ernestinas y particularmente la nuestra porque era la que estaba viva y por derecho era dueña de una parte de la fortuna familiar, pero su odio provenía mayormente, aunque siempre lo ocultó, de los desplantes de la madre de Ernestina, a quien persiguió con desesperación hasta el final obsesionado por meterse en su cama, para desahogar su concupiscencia. Después de su muerte lo hizo con la hija de su prima quien igualmente lo despreció. Nunca lo logró, porque en la moral de las Ernestinas estaba establecido como regla inquebrantable que a los hombres casados y mucho menos hombres de la familia, se les metiera en la cama, regla que los Gómez masculinos habían violado por generaciones rompiendo los más sagrados principios. A Ernestina la quinceava aquel hombre se le hacía particularmente desagradable.

Al igual que sus antecesoras su concepto de la vida era uno muy propio sin hipocresías ni remordimientos, una conducta que manifestaron todas de igual manera por obra de la maravillosa ley de la genética. El sexo para ella era un regalo divino que se disfrutaba porque despreciarlo era pecado y a través del cual se comunicaban los seres humanos a los niveles más profundos y conectaban sus espíritus. Para ellas el sexo contenía un lenguaje mágico que alertaba hasta las más ínfimas sensaciones del cuerpo, conectándolo en un nivel muy profundo con el espíritu. Ernestina aceptaba algunos regalos, no muchos, pues conocía la estupidez de los hombres que se creían que detrás de un regalo venían derechos, así que solo aceptaba aquellos de quienes sabía eran suficientemente inteligentes para no hacerse ilusiones de que ella se vendía a cambio de lo material, eso era inmoral para Ernestina Gómez la quinceava.

Trabajaba para mantenerse, era vendedora de libros de esas que tocan puertas, van a las oficinas o paran a la gente en la calle para vender libros. Era exitosa en su gestión, sobre todo con los caballeros, quienes adquirían colecciones, que habían jurado mil veces en presencia de su mujer e hijos no comprar, porque además de muy caras era malas y sin propósito. Estaban mal editadas, según ellos y no tenía información confiable. Pero un buen día se encontraban con Ernestina y hacían la compra sin dejar de mirarle las tetas a la muchacha, quien afanada llenaba la información del cliente para cerrar su venta. Luego recibían los caballeros en su domicilio una caja inmensa conteniendo la colección, esa que siempre juraron que jamás comprarían y que además era costosísima. Las explicaciones del porque habían mordido el presupuesto del mes, faltando a su juramento, vendrían después que despertaran del hechizo bajo el cual habían caído al tropezarse a la muchacha y dejaran de oír en sus mentes el tintineo de sus pulseras, de evocar sus labios, y recordar el vaivén suave de su pecho con cada movimiento.

Era tal su éxito con las ventas, que siempre se llevaba el premio de la vendedora del mes. Las comisiones eran miserables, pero a

Ernestina le encantaba su trabajo y vendía tanto que siempre sacaba suficiente dinero para su sustento. Lo que si no hubiese soportado ella, era verse encerrada entre cuatro paredes en una oficina y detrás de una puerta a un jefe prepotente al quien tuviese que obedecer. Vender libros le daba la libertad que amaba, caminaba las calles con un bolso de tela grande, que atravesaba en el pecho, repleto de folletos y algunos libros de muestra, se montaba en los buses, entraba a las oficinas de los grandes edificios y tocaba las puertas de las casas, hablaba con la gente, jugaba con los niños y acariciaba a los animales, mientras los clientes entusiasmados revisaban con sus ojos la mercancía. La mayoría de los hombres la revisaban a ella y no a los libros al momento de firmar la orden de compra, a lo cual ella se sometía sonriente, dejándolos mirar como borregos, mientras ellos atontados firmaban en donde el dedito menudo apuntaba suavemente. Ese era el precio, pensaba Ernestina, que pagarían por su estupidez. A los verdaderamente interesados en la buena lectura los orientaba hacia los buenos libros, a los primero los dejaba pagar con creces sus bajas inclinaciones.

Al pasar por las esquinas del barrio Cocores Ernestina bailaba la danza que dominaba mejor que ninguna de las mujeres del barrio. Batiendo su saya larga y medio transparente al ritmo pegajoso, levantaba sus brazos por encima de su rostro con la gracia de una diosa y revolviendo sus cabellos mientras los pies se deslizaban pegados al suelo, sus caderas se partían al repique de los tambores. Los hombres la aplaudían eufóricos y alguno seguramente más atrevido, se lanzaba tras ella a acompañarla en la danza, siguiendo sus pasos con el pañuelo en alto. Ella danzaba un rato sin dejar a ninguno acercarse demasiado, para después seguir su camino con una sonrisa en la cara. Los niños del barrio la adoraban, llegaba en las tardes con dulce en su bolso y les repartía a los que encontraba a su paso, los acariciaba con ternura, a todos les conocía por su nombre. Se sentaba al borde de uno de los escalones de la entrada del edificio muy cerca de los leones y allí se arremolinaban niñas y niños a conversar con Ernestina, quien parecía interesada en lo que cada uno decía. Las madres salían y gritaban furiosas a sus hijos, para que se alejaran de la mujer que ellas calificaban como mala, pero los niños que suelen ser más sabios al escoger a quien amar, adoraban a aquella muchacha, esa a la que sus madres insistían en llamar puta. Después, antes de entrar asomaba su cabeza en la carnicería que estaba en el primer piso, del edificio de al lado, saludaba a su amigo Tavo y corría por las escaleras tres pisos sin detenerse hasta llegar a su puerta.

V
El Carnicero

Tavo era carnicero y no solamente de oficio sino de vocación. Desde muy niño le decía a su madre con expresión seria que sería carnicero y no pescador cómo su padre. Tal vez fue el temor de irse un día y no regresar lo que lo alejó del mar, la barca y las redes. Era carnicero y muy feliz por cierto, "quien no lo es, sí hace lo que siempre soñó y lo que más le gusta, aunque los demás no lo aprueben" era su frase favorita, lo decía con orgullo de carnicero. Había que reconocer que era un artista con un cuchillo en la mano. Una de las cosas que más agradaba a Ernestina de Tavo era aquella contundencia con lo que quería y el honor con cual desempeñaba su oficio. Las expectativas ajenas jamás se satisfacen, pasar la vida intentándolo es catastrófico, decía Tavo con seguridad absoluta. Ernestina respetaba a todo aquel que supiera desde su situación campear por el respeto a sus deseos y Tavo, aunque asombrosamente simplista, era suficientemente inteligente para poder hacerlo. Al carnicero de Cocores le gustaba el baile, era generoso con el prójimo y sonreía fácilmente, pero sobretodo no conocía el egoísmo y sabía entregarse por completo.

De tez muy morena, porque había pasado la mayor parte de su existencia expuesto al sol, de mediana estatura, cuerpo musculoso porque el peso de las reses enteras que echaba sobre sus hombros al sacarlas del garfio para ser cortadas, le había fortalecido a través de los años haciendo de su cuerpo uno increíblemente atlético. Tavo y Ernestina se conocían desde muy niños, eran grandes camaradas. Además de ser amantes, una conexión inescrutable y que a veces los asustaba, los unía y los hacía increíblemente compatibles. Tavo entendía en su dimensión exacta a Ernestina y no exigía nada más allá de lo que ella le daba espontáneamente, sabía sobre todo que ella estaba muy lejos de ser la furcia que su madre odiaba. Ser amigo de Ernestina era un privilegio que Tavo atesoraba, sentía un deseo constante por ella, pero al igual un inefable afecto que le envolvía los sentimientos. Nunca intentó obtener nada más de lo que le era permitido, que era endemoniadamente maravilloso. Ni intentó nada más allá de lo que sin decirlo los dos habían pautado, sabía que hacerlo sería perderla. Celos sí sufría, pero en silencio y sin molestarla, decir que no odiaba a sus compañeros de gozo cuando la sabia con ellos seria mentir, pero nunca se lo dijo, ni jamás intentó acercarse a ellos para reclamar lo que no le pertenecía a ninguno.

Ernestina amaba la sencillez de pensamiento de Tavo, en su mundo interior no existían recovecos ni complicaciones, se encontraban a menudo y después de amarse pasaban a ser los compañeros más compenetrados: cómplices de travesuras en la niñez, compañeros en la adolescencia, amantes y sobre todo entrañables amigos de la adultez, fases que amalgamaban una relación muy especial y que él no estaba dispuesto a sacrificar por nadie. Charlaban, cocinaban juntos, recordaban travesuras y muchas veces compartían sin que hubiese sexo de por medio, en esas ocasiones pasaban a ser un par de camaradas sin más interés que el inmenso afecto que los unía. Ella algunas veces hasta le comentaba sobre su amistad con otros hombres, claro está sin llegar a tocar el tema de la cama. Ernestina respetaba a cada uno de ellos y hubiese sido desleal desplegar ante alguien sus intimidades. Era ella siempre quien le que daba la señal, él por su parte siempre estaba dispuesto, prudente esperaba que su amiga iniciara el juego, ella era la reina y él esclavo obediente. Tavo y Ernestina tenían casi la misma edad, jugaron juntos en las calles del barrio Cocores a pesar de la oposición de Lupe y desde ese entonces él perseguía su sombra. "Se te han pasado los años Tavo detrás de esa putica" le decía su madre preocupada y con resentimiento hacia Ernestina "ya deberías tener un hogar e hijos y ella nunca te los dará".

Lupe Rojas odiaba a Ernestina más de lo que Tavo imaginaba, porque además de tener atrapado a su hijo la madre de la muchacha había sido la causante que su difunto marido perdiera la calma detrás de su imagen, que vigilaba día y noche. Él se había casado con Lupe, a quien había dado su promesa de matrimonio mucho antes de conocer a Ernestina la catorceava, pero el día que ella y Juan Rojas se vieron la primera vez cambió la historia de los tres para siempre. Juan cumplió con su promesa de matrimonio y puso en vano todo su empeño en aquella familia que había fundado, pero su pasión por Ernestina la catorceava se acrecentaba con la distancia que los dos de acuerdo habían puesto. Juan la pensaba constantemente y, hasta la noche de la boda, encima de su Lupe, cuando concibió en ella a su único hijo y llegando a la cima arrasado por el llanto, rasgó el silencio de la noche gritando el nombre de Ernestina. Mientras Lupe terriblemente humillada sintió que en sus entrañas había la semilla de un hijo producto del

41

delirio de Juan por Ernestina Gómez. Lupe estaba convencida que también ella había sido la causante del final precipitado que tuvo la vida de su marido, que para colmo fue en los mismos días que apareció muerta Ernestina la Catorceava. Tavo su hijo era ya un adolescente, Juan la dejó un día, tomando su barca y lanzándose mar adentro sin importarle que el cielo anunciaba tormenta. Todos decían al principio, que Juan se había ido con Ernestina. Solo recobraron la barca en pedazos y un pedazo de la red, que regresaron a los tres días a la playa de Cocores. En cambio ella si regresó a la playa unos día después, para desmentir los chismes de que habían huido juntos, pero yerta y carcomida por los peces. El tiempo tiempo pasó y el mar nunca regresó el cuerpo del marido de Lupe. Cuando Juan desapareció, Tavo, a pesar de las maldiciones de su madre en contra de las Ernestinas Gómez, no las juzgaba, al contrario entendía a su padre sin que él nunca le dijera su conflicto, pero como no comprenderlo si ya para ese entonces él amaba a Ernestina la quinceava.

El odio de Lupe se acrecentó al ver la vida de su hijo pasar pendiente a la hija de la Catorceava. "Son una maldición para todos los que las conocen" le decía la mujer constantemente sin que Tavo le hiciera el menor caso. Cuando se tropezaba con Ernestina en las calles del barrio Lupe cruzaba al otro lado con gesto pretensioso y de disgusto, como si la muchacha fuera una terrible peste. Ernestina respetuosa la saludaba a la distancia sin que la madre de Tavo respondiera nada que no fuera una maldición. "Puta igual que la madre y todas sus generaciones" refunfuñaba apretando el paso, entrando a la iglesia a oír la misa y confesar los pecados que no la hacían quedar mal ante el cura de la parroquia, pues nunca le confesaría que mataría a Ernestina si pudiera y que estaba llena de odio por ella y su difunta madre. Ernestina disculpaba a la madre de Tavo por el mal sentimiento que le tenía y hasta se sentía un poco culpable. De su boca nunca salió un insulto en respuesta a los de ella, "respeto a los mayores" era uno de sus lemas. Lupe soñaba con ver a Ernestina muerta o largándose a otro lugar muy lejos, de una vez y para siempre y así su único hijo por fin pudiera poner sus ojos en una mujer "decente", quien le diera un hogar e hijos antes de su muerte

Cuando Ernestina estaba con otro a Tavo se le hacía la vida un nudo, respiraba como un toro, mientras cortaba las reses con su afilado cuchillo y no tenía paz hasta que veía pasar al feliz susodicho frente al edificio ya en retirada. Los dos le causaban escozor y ninguno escapaba a sus celos, pero al que más le temía era al joven alto y bronceado con cara de bohemio quien venía poco, pero que cuando lo hacía era el único privilegiado que pasaba la noche entera con ella y a quien él llamaba "El Pintor". Muchas veces hasta dos y tres días corridos permanecía el pintor encerrado con Ernestina, pero Tavo siempre se componía al verla pasar después con su saludo espontáneo y su mirada transparente, sin culpa que la ensuciara. Cómo le hacía aquella mujer, que no la tocaba el pecado, decían muchos, pero Tavo sabía que era porque ella el amor lo hacía con el cuerpo y con el alma y que sus principios estaban fuera del alcance de las gazmoñerías de los que juzgaban. Por eso se tragaba los celos, por eso se tragaba la rabia, porque ser un amante de Ernestina Gómez era un regalo del cielo.

43

"Sabes qué Tavo, comprendo el odio de Lupe tu madre y hasta me parece justificado", le dijo la muchacha una noche tibia en la que ambos se encontraban sentados en la entrada del edificio, ella descalza y con sus cabellos a merced de la brisa y Tavo aún con su ropa de trabajo salpicada de sangre. Los jóvenes charlaban como dos buenos amigos y Ernestina miraba los ojos diáfanos de su amigo que siempre le daban la impresión de que eran un espejo de sí misma o un cabo suelto que la ataba al presente. Él ya había percibido algo de tristeza en la mirada de ella, trató de refutar, pero Ernestina selló sus labios con un beso ligero y la protesta de Tavo se quedó en el aire. "No, no tienes que reprocharle nada. Si yo fuera tu madre, y no quién soy, también odiaría a quien le roba a mi hijo su vida y sin quererlo y queriéndote como te quiero lo he hecho Tavo, esa es la verdad."

"Nadie roba lo que se le da por voluntad y con gusto, es más con la vida, que la mía sin ti no tendría sentido", dijo Tavo con vehemencia. "Es que mi madre te odia a través del recuerdo de la tuya y de mi padre que nada tienen que ver con nosotros."

"No te creas", dijo ella después de un silencio, "si tienen que ver y más de lo que tú y yo creemos", replicó sin saber a ciencia cierta porque dijo esas palabras. Poniéndose de pie se despidió con otro beso, pero esta vez en la mejilla y corrió escaleras arriba.

VI
El Jefe Municipal

JEFE MUNICIPAL DEL MUNICIPIO DE CONSTANZA, leía la chapa de bronce brillante, pulida hasta casi herir la vista, sobre una puerta de madera oscura que se abría a la oficina de la máxima autoridad del municipio. Dentro, una estancia amplia con libreros repletos alrededor y en el centro un escritorio descomunal, detrás del cual la figura no menos imponente de Casimiro Arbeláez se sentaba todas las mañanas a defender, cuidar el patrimonio y el buen vivir de los habitantes de aquel municipio, compuesto por siete barrios pequeños entre los cuales estaba Cocores. Ese era su trabajo y el único estímulo de su vida por muchos años. Había llegado al puesto de Jefe Municipal, no por aspiraciones políticas, ni deseo de poder, realmente llegó como consecuencia lógica de su sentido de justicia, su corazón altruista y amén de una profunda vocación de servicio público. Le atormentaban día y noche la desigualdad y la pobreza. Cuando exponía ante sus coterráneos su oratoria, sin proponérselo impresionaba a todos. La lucha que sostuvo desde muy joven por remediar y mejorar la vida de los más desafortunados lo puso, sin querer, en la política de la ciudad de Ventura.

Fue elegido por unanimidad por el pueblo agradecido y seguro de que nadie como él representaría y defendería sus derechos, y no se equivocaron. Si algún político tuvo alguna vez el país que tuviese la vocación de servir a su comunidad sin ningún interés personal fue el jefe Municipal de Constanza, Casimiro Arbeláez.

Conocido por su labor incansable en pro de los demás, su lucha ante la desigualdad y el propósito de mejorar la educación. Se había casado muy joven y enviudó a los pocos años sin tener hijos. En verdad nunca conoció la dicha al lado de su esposa, primero porque él era un ser complicado y atormentado, por el constante análisis en que su mente se enfrascaba, buscando un sentido a la vida y una enfermedad mortal que se atravesó en la vida de ella. El insomnio fue su fiel compañero en las largas noches en donde sus pensamientos caían siempre en un gran vacío al tratar de encontrar el sentido a su existencia y una explicación a las terribles injusticias del mundo sin solución aparente.

    Casimiro vivía dignamente, pero sin lujos, gastaba la mitad de sus ingresos en ayudar a otros y su puesto en el gobierno lo utilizaba únicamente para mejorar las condiciones de vida de los barrios del municipio, dándole énfasis a la salud y a la educación. Si algo no le gustaba era el reconocimiento a sus obras, amaba el anonimato, la paz que no encontraba y el silencio que su mente no le permitía, pero sobre todo, Casimiro Arbeláez amaba a Ernestina Gómez. Casimiro venia del sur del país y había llegado a Ventura con su esposa enferma, para el mismo tiempo en que murió la madre de Ernestina la quinceava. Era un hombre maduro ya pasado los cincuenta, alto, de voz grave y sienes canosas, surcos en su rostro que pronunciaban su expresión y delataban su edad. Conoció a Ernestina una tarde en la que ella hábilmente se coló en su oficina con sus folletos y el bolso de tela lleno de libros. La muchacha aprovechó un descuido de la secretaria para entrar sin ser anunciada. Precisamente eran los tiempos de más afán, porque las gestiones de los inversionistas extranjeros que acosaban con sus proyectos de gran envergadura para la explotación turística de Cocores, lo tenían abrumado de trabajo y preocupación por el futuro de sus co-pueblanos. No podía negarse que era un proyecto tentador y en donde la economía cocorense se vería mejorada al triple pero y... ¿Qué de la paz y de las costumbres de aquel lugar mágico que hasta ahora había estado a salvo del progreso? Con el escritorio atestado de papeles y expresión desconcertada la miró por encima de sus lentes, sin demostrar el efecto que su presencia producía. Reconoció enseguida a quien era una diosa para algunos y una puta con talentos especiales para otros, de quien había oído mil historias de la lengua de los parroquianos y que para él solo eran el producto exagerado de sus mentes pueblerinas. La había visto a lo lejos, nunca la había tenido cerca, la saludó cortésmente y atendió a la vendedora mirándola curioso y perturbado. La vio desplazarse batiendo su saya larga y traslúcida por la habitación, seguida por el tintineo de sus pulseras de plata y sentarse frente a él sin esperar su permiso, pero sin ánimos de ser atrevida. De inmediato un aroma delicioso se apoderó de su olfato, la voz naturalmente melódica, sin afectaciones, le sonaba a música celestial y los ojos verdes, tan transparentes que Casimiro creyó poder en ellos asomarse a su alma y aquellas benditas pulseras tintineando que no lo dejaban concentrarse... El jefe Municipal quedó sembrado en su silla como un imberbe, hipnotizado y hechizado para siempre. Adquirió algunos libros para la biblioteca del municipio, pero a pesar de su fascinación solamente compró aquellos que entendía que tenían valor literario o que incrementarían los conocimientos de los vecinos que acudían a la biblioteca y a los niños de las escuelas del distrito. La muchacha supo de inmediato que, a pesar de la diferencia de edad, entre aquel señor y ella, él estaría en su cama.

Se vieron varias veces en la oficina del Jefe Municipal con la excusa de incrementar los conocimientos del público y las bibliotecas escolares, ocasiones en las que solo hablaban de títulos y escritores, tema en que ambos eran expertos, aunque él la aventajaba. Lo demás, lo que sentían se lo dejaban al silencio, pero la energía de la atracción era un grito que no podían ignorar. Cuando ya no quedaban motivos para regresar, ella sin rodeos ni preámbulos mirándolo directo a los ojos lo invitó a su casa y Casimiro Arbeláez, sin esquivar su mirada, aceptó con un movimiento de cabeza, pero con su cara atormentada casi morada de la vergüenza.

Más de tres años tenían de amantes, el municipio entero lo sabía, pero nadie se atrevía a desacreditar al funcionario que defendía mejor que nadie el bienestar del pueblo. La primera vez subió la escalera, lento y nervioso, pero sin considerar en ningún momento el arrepentimiento, ella lo recibió, estaba parada con una sonrisa inocente y afectuosa. Ernestina lo tomó de la mano y cerró tras ellos la puerta, le conmovía la expresión sufrida de Casimiro y sentía la obligación de consolar su tristeza, empezó a besarlo en la frente y poco a poco todo su rostro, lo desvistió de su angustia, envolviéndolo en sus cabellos y descubriendo su cuerpo cansado. Mientras él la palpaba con las manos ávidas, pero sin prisa, detalladamente, explorando sus montañas y montes encantados, paso a paso, ella puso su pecho cerca de los labios y él hambriento tomó de ellos la delicia de estar vivo. Sumiso se dejaba llevar por el hechizo de la nereida quien danzando sobre él y susurrándole cantos mágicos le cambio la existencia. Allí en la cama de Ernestina, Casimiro se despojaba del tormento, del cansancio y la vida le parecía justa. Acudía a visitarla cada quince días, si ella estaba dispuesta, no impuso ni reclamó nada, solo recibía el gozo inefable que nunca había conocido, conoció la paz, la justicia y el sentido de la vida, el horizonte, todo en la cama de Ernestina Gómez.

Se encontraba Casimiro en una reunión que se llevaba a cabo en la casa gubernamental. Todos los jefes municipales estaban allí convocados por la autoridad máxima. Hacían aquellas reuniones una vez al mes y él las detestaba, "demagogia y burocracia, nada más", pensaba Casimiro con desagrado. El pretexto o la razón de la reunión mensual era rendir informes de logros y quejas generadas en el municipio regentado por cada uno de ellos ante el Gobernador de Quinvores. La envidia hería a más de uno, por los reconocimientos que el Jefe Municipal de Constanza se llevaba casi todos los meses y la ausencia de quejas de los vecinos de su territorio. Varias veces había sido propuesto como candidato a la gobernación que seguramente ganaría sin problema, pero siempre era declinada la propuesta. Casimiro estaba seguro que como jefe municipal estaba más cerca de la gente y sus problemas.

Leopoldo Tavares era el jefe municipal del distrito Costa Nueva, el distrito más rico, compuesto por los barrios de gente adinerada y alto nivel social, dueños de casi todas las fincas sembradas por millares de palmas de coco que les dejaban millones pesos en sus bolsillos. Al jefe municipal del distrito de Costa Nueva le mordía la envidia cada vez que escuchaba de boca del mismo gobernador las lisonjas merecidas al trabajo admirable de Casimiro Arbeláez, quien invariablemente las recibía incómodo y sonrojado. Leopoldo Tavares era amigo muy cercano de Francisco Gómez, compañero de fechorías y parrandas de toda la vida del viejo zorro, conocedor de la historia de las Ernestinas, a quienes en conversaciones intimas ambos hombres vituperaban y hacían despliegue de los deseos escondidos de los dos por conocer las maravillas de la cama de Ernestina, cosa que ambos habían intentado sin resultado. "Denuncia la inmoralidad de ese bueno para nada de Casimiro Arbeláez", dijo Francisco Gómez dándole vuelta entre sus manos al vaso de whisky y sin levantar la vista de él. Se encontraban sentados en la terraza de la casona de los Gómez.

"Bueno Francisco en verdad Casimiro es un hombre libre y esa es su vida privada no sé si…"

"No te hagas el pendejo Leopoldo, te conozco y sé que no vas a desaprovechar esta oportunidad, tú también estás loco por joderlo, acuérdate que ahora más que nunca nos conviene poner en ese puesto a uno de los nuestros, alguien que empuje los proyectos turísticos en Cocores. Mr. Grant necesita pronto una respuesta positiva de nuestra gestión, sino se buscará a otros más efectivos."

"Lo he pensado y estoy dándole vuelta a la idea, pero conozco a ese pelmazo, siempre esgrime razones irrefutables a cada una de mis críticas y siempre me hace quedar mal ante la junta con su verborrea de caballero medieval".

"Cómo te va a hacer quedar mal, Ernestina Gómez es una puta, eso lo sabe Paraná entero y él es un funcionario público, debería dar el ejemplo".

"Condenado Francisco", soltó una carcajada Leopoldo, "si tú estás que te mueres por cogerte a tu primita y después de la que te hizo en el último intento"... la carcajada sarcástica de Leopoldo se apagó con la mirada fulminante de Francisco, "bueno hombre deja ver qué puedo hacer".

"Mataríamos dos pájaros de un tiro pendejo", concluyó Francisco molesto, precipitando el contenido del vaso en su boca en un solo trago.

La relación de Ernestina con Casimiro tenia emociones complejas, si bien aquel caballero otoñal, de cultura vasta y alma buena, movía su deseo cuando se amaban, fuera de él veía al padre que nunca conoció, de quien ni siquiera su madre inventó una imagen o un nombre para darle. Cuando no estaban en la cama la llenaba de respeto su presencia, admiración por su cultura y su nobleza y a él, lo invadía una ternura por ella que le era transmitida haciéndola sentir como una niña. Cuando estaban en ella, era otra cosa, la pavesa del deseo encendía sus cuerpos, como seres incestuosos que el pecado atiza, haciéndoles vislumbrar el horizonte y a la vez ser náufragos en un mar de inexploradas y fascinantes profundidades. Era algo muy complicado y lógico a la vez que solo ambos entendían sin decirlo y complementaba sus encuentros. No era una pasión mal sana, era una con matices muy ajustados a las carencias y a las necesidades de ambos, pero también al goce de sus cuerpos y la plenitud espiritual de Casimiro y Ernestina.

Dos filas adelante estaba Leopoldo Tavares, a Casimiro le costaba asistir a esas reuniones, pero su sentido del deber estaba primero. De sobra conocía la mezquindad de Tavares, quien no quitaba el dedo del renglón a la hora de manchar su imagen. Ahora se sentía con más razón, porque el gusano era íntimo de Francisco Gómez, tío de Ernestina y de quien sabía, no por boca de ella sino de otros, que odiaba a la muchacha. Además de que ambos habían intentado muchas veces acostarse con ella ofreciéndole pagar sus favores.

En su distrito, todos sabían su relación con ella, fue fácil deducirla después de ver las primeras veces el carro negro del Jefe Municipal del Distrito de Constanza ante el edificio en donde vivía Ernestina. Al principio causó revuelo entre la gente, pero después se volvió costumbre y ya a nadie sorprendía. Los más inteligentes decían que desde que Casimiro visitaba a Ernestina, la autoridad Municipal, era mucho más eficiente. Sus obras se optimizaron, no solo para la educación y la salud de la comunidad, eran ahora también para el esparcimiento y la alegría, y eso los tenía a todos aún más satisfechos de sus funciones.

Llevaba consigo una abultada carpeta, quería discutir los proyectos de Mr. Grant que si bien eran tentadores también había puntos que debatir a favor de la seguridad de los cocorenses, además de buscar alternativas viables en donde se preservara la cultura, la seguridad y la belleza natural de las playas de Cocores.

No era que Casimiro Arbeláez cerrara los ojos ante el progreso y la mejor economía de su municipio, pero lo que sí cuidaba era que cada paso fuera llevado con una planificación justa. Si bien Mr. Grant tenía un plan muy agresivo que aceleraría el motor económico, había mil detalles que discutir y afinar, antes de meterse en un proyecto de tal envergadura. Para su sorpresa el proyecto de Mr. Grant no vino a colación ni nada parecido, porque otro era el punto que Leopoldo Tavares tenia embuchado.

Casimiro era firme en sus posiciones y sobre todo en su vida privada, además a nadie le constaba, solo a Nicolás Benavides, quien era un cómplice muy discreto, lo que en aquel minúsculo apartamento sucedía durante sus visitas. No estaba dispuesto a permitir vituperios en contra de su amada Ernestina y mucho menos permitir presiones para que terminara su relación con ella. Pero Tavares embistió en contra de la moral de Casimiro Arbeláez decidido a dañarla irreparablemente. De pie con voz gangosa que aclaraba frecuentemente con sonidos fuertes y tomando tragos apresurados de agua mientras se acomodaba la corbata, expuso ante la junta lo que a su parecer era intolerable. Leyendo de un papel que sostenía con sus manos temblorosas, lleno de babosadas que a nadie parecía importarle, exponía lo inmoral que era que un jefe municipal mantuviera relaciones íntimas con una mujer pública, dijo concluyendo. Casimiro iracundo apretaba entre sus manos el proyecto, pero sin demostrar ni un ápice de las ganas que tenía de matar al desgraciado de Leopoldo Tavares. No interrumpió al hombre hasta que este no vertió todo el veneno de la envidia y la mala intención sobre él, pero lo que más le molestaba y lo tenía furioso era que en su campaña para destruirlo utilizara a Ernestina. Cuando ya había terminado Tavares, al concluir se volteó despectivo para mirarlo con fingido enojo.

Casimiro sin necesidad de un discurso escrito se levantó de su silla, después de rendir sus respetos a la junta y aclarar la voz, dijo con palabras lentas e improvisadas: "compañeros lo que tengo que decir es muy poco, el señor Leopoldo Tavares cabestro de mal intencionados y resentidos, en su afán de desacreditarme está enlodando el nombre de una mujer digna que no está presente y que estoy seguro él no conoce íntimamente, aunque sé de sus atentados inútiles por hacerlo."

Allí se rompió el silencio tenso de los presentes, Leopoldo Tavares adquirió tonos violáceos en su cara regordeta, como una colmena de abejas se oía en el salón, hasta que el presidente de la junta llamó al silencio y pidió atención para el Jefe Municipal de Constanza, quien prosiguió inmutable su argumento: "la señala, irresponsablemente, como una mujer ilícita, una prostituta querrá decir. Yo quiero aclararles que la señorita Ernestina Gómez trabaja dignamente para mantenerse. Estoy seguro que no se encontrará, si la junta investiga minuciosamente, un solo hombre en este país, incluyéndome, que haya pagado favores a tan digna dama. Quiero aclarar que mucho menos un solo centavo del municipio se haya utilizado con esos propósitos. Sí, si soy su amigo, repitió con fuerza, y me siento enaltecido por ello. Sí, si la visito, no lo niego y no voy a dejar de hacerlo aunque eso me cueste el puesto de Jefe

Municipal de Constanza. Ernestina Gómez además de ser un ser humano mejor que todos nosotros, es una mujer soltera y yo señores, soy viudo hace muchos años. No hay una regla de conducta de nuestra respetable junta o ley de nuestra Constitución que yo este infringiendo al visitarla. Debo retirarme, porque lo que si no me permiten mis principios es ser parte de una reunión de hombres en donde se mancille la moral de ninguna dama y mucho menos la de una buena mujer. Si usted y la junta así lo deciden pueden disponer de mi puesto de Jefe Municipal de Constanza, estaré a la espera de su decisión señor Gobernador".

Casimiro salió del salón sin pedir permiso dejando un gran revuelo a sus espaldas.

Al salir el Jefe Municipal de Constanza del salón quedó un silencio vergonzoso, todos miraban a Leopoldo Tavares con reproche, una vez más la mala intención de Tavares fue inútil, el odio del hombre y su buen amigo Francisco Gómez no llegó a lacerar a Casimiro ni a Ernestina Gómez la quinceava, lo que si fue evidente fue el bochorno de Tavares cuando la junta votó por su petición de despojar a Casimiro de su puesto y el único voto en contra del jefe municipal de Constanza fue el suyo.

Casimiro se presentó ante Ernestina con una gran sonrisa en los labios, no le contó lo sucedido, pero esa noche fue especial para ambos y en la cama de Ernestina quedó una página muy importante de la vida del Jefe Municipal del Distrito de Constanza, de la ciudad de Ventura, del Estado de Quinvores del país de Paraná.

Cuando llegó la fecha de la cena anual de la junta, Casimiro, quien todos los años acudía, se presentó llevando a Ernestina del brazo. La muchacha vestía de largo, un traje de seda negra con un escote pronunciado en la espalda, regalo que aceptó del jefe municipal, llevaba el cabello recogido en la nuca en un moño muy sencillo que dejaba ver su cuello largo y perfecto, una cruz hecha de pequeños zafiros negros en su pecho, única herencia de su madre y que venía desde la primera de las Ernestinas. No necesitaba más para atraer todas las miradas, hasta la de Mr. Grant, quien había sido invitado especialmente por el Gobernador, se acercó a la pareja para ponderar en su mal español la belleza de la acompañante del Jefe Municipal de Constanza. El gringo era un grandulón con rostro pecoso y ojillos azules que parecían sonreír constantemente. Su mujer, delgada y casi tan alta como él, rubia con expresión afable. Ambos no podían disimular la fascinación por la historia que habían oído de bocas de otros sobre la pareja, sobretodo de Ernestina. Todos vigilaban a lo lejos al cuarteto que parecía envuelto en una conversación amena. Mr. Grant tuvo el tacto de no poner la conversación de la construcción del resort en aquella ocasión, cosa que Casimiro le agradeció en silencio.

Francisco Gómez y su esposa, la distinguida Lía Pasquier de Gómez, se encontraban en la reunión social y aunque quisieron hacerse los desapercibidos al ver a la muchacha ambos desviaban la mirada constantemente a la pareja que parecía ignorar todos los rumores que habían levantado esa noche.

Ernestina se comportó como toda una dama y en la gran mesa, presidida por el Gobernador, sus modales fueron tan correctos como naturales, tanto que parecía que comía todos los días ante una mesa como aquella. A pesar que ella sabía que todas las miradas estaban sobre ella, actuaba con relajada gracia. De esa manera tan elegante Casimiro Arbeláez dejó sentado ante la muy distinguida Junta de Jefes de Distrito de la ciudad de Ventura del estado de Quinvores y de su distinguido Gobernador, que Ernestina Gómez era una dama respetable y que ellos deberían estar honrados de tenerla en su mesa.

VII

Mateo

Era joven, quizás un par de años mayor que ella, alto, su piel bruñida por el sol destacaba la miel transparente de sus ojos protegidos por espesas cejas y largas pestañas, sus labios más bien gruesos, guardaban el blanco perfecto de sus dientes. El pintor, como lo llamaba Tavo con rencor disimulado, y Ernestina podían charlar sobre la cama, después de amarse varias veces, horas enteras sin aburrirse. De igual manera podían permanecer abrazados y desnudos, disfrutando el contacto de la piel o simplemente la calma del silencio. Se llamaba Mateo y aparecía cualquier día sin previo aviso, con su caminar desgarbado el cabello alborotado cayendo sobre su frente y su mochila en la espalda. Desparecía de la misma manera, sin hacer promesas ni anunciar retorno. Era el menos frecuente, pero el más intenso. Ella lo dejaba marchar sin hacer preguntas, sabiendo que regresaría, y él sabía que ella estaría esperándolo. Ambos sin ataduras, sin reproches ni deberes. Mateo la conocía palmo a palmo, tan detalladamente que podía pintarla de memoria en cualquier posición de su cuerpo o gesto de su rostro, sin omitir detalle. Así la pintó, de memoria, evocándola desnuda y espléndida sobre su lecho. Se desapareció un par de meses y un buen día estaba ante su puerta con la pintura, en la que ella aparecía tan exacta que parecía más bien cautiva respirando sobre el lienzo. Después de recibirlo emocionada hasta el llanto y amarse como desesperados, Ernestina creyó aterrorizada que estaba perdidamente enamorada.

De Mateo a Ernestina no le importaban sus apellidos, ni saber su pasado, nunca preguntó nada, solamente sabía lo que en su cama estaba escrito sobre el hombre joven que pintaba magistralmente, le escribía poemas y, que vistiendo como vagabundo parecía un príncipe. Esa hubiese sido la descripción de Ernestina al referirse al preferido de sus amantes, el resto se lo reservaba. En el fondo ambos disfrutaban la magia del misterio, la expectativa del próximo encuentro, sin reglas, ni espacios de tiempo establecido. Era un soñador y plasmaba sus sueños en el lienzo o en las letras; bien podía ser la belleza de una mujer, la inocencia un niño, el cansancio doloroso del tiempo en la expresión de un anciano o simplemente un amanecer o el ocaso frente al mar, la fuente de su inspiración. Brotaba ante cualquier cosa que conmoviera su espíritu. Mateo era un ser humano profundo por naturaleza, pero irónicamente amante de lo simple y en busca siempre de esa parte de la vida, esa la que no se complica y está ahí, al alcance de los humanos estúpidos que declinan su disfrute para embarcarse en la lucha en pro de los intereses, por lo que no es noble ni preserva la belleza. En Mateo no había maldad ni interés que estimulara su dinámica, no esperaba, pero era receptivo, abierto a las bondades de existir sin planear, de dar y amar sin reservas, ni intención.

    Hijo de una pintora, Anais Armenteros, a quien después de pintar toda su vida, una artritis agresiva se le atravesó entre las manos y su habilidad de plasmar magistralmente en el lienzo su inspiración. El matrimonio de los padres de Mateo fue muy feliz, lleno de pasión, originalidad, compatibilidad absoluta y sobre todo de espacio. Su padre era escritor, aunque no de poemas como él, sino de novelas de ficción. Las letras eran no solo su medio de vida sino su razón después de su mujer y su hijo. Ni Anais ni Pablo alcanzaron la riqueza, ni nunca la esperaron, solo hacían lo que amaban y como consecuencia lógica de allí venia el sustento. Vivían sin lujo alguno, pero sin ninguna necesidad o angustia económica. Le trasmitieron a su hijo la gracia de no ambicionar sino de hacer por vocación y pasión, para ellos era la única manera de vivir sin estar muertos.

Había nacido Mateo en un pueblo del oeste de Paraná, la familia vivía a la orilla del mar en una casona sencilla, muy amplia y antigua, que había llegado a ellos como herencia de la familia Armenteros. La vivienda más bien parecía un amplio taller de arte, un estudio, en donde ellos habían hecho espacio para vivir y en donde el mar estaba a la vista en todos sus contornos. En esa casa no se cerraban puertas ni ventanas, parecía estar integrada al paisaje como parte de la naturaleza misma. Pablo Armenteros escribía en su estudio abierto, sin más ruido que el de las olas y el tecleo de su máquina y su mujer pintó el mar de mil maneras con los personajes mágicos que venían a su inspiración, en el amplio salón de la casa. Mateo hizo de los pinceles y los libros junto a los caracoles y estrellas de mar sus juguetes preferidos. Creció rodeado por el arte y el gran amor que sus padres tenían por él. Anais y Pablo se amaban con libertad, enseñándole a su hijo desde muy niño, que no había nada malo en la expresión del deseo si había amor. Educaron a Mateo con la sensibilidad de dos artistas.

Pablo y Anais hicieron de la infancia de su hijo una maravillosa experiencia. Corría por la orilla del mar, descalzo y libre, horas enteras en sus juegos de niño, oír el cantar de los caracoles que recogía lo ensimismaba, las olas fueron sus compañeras de juego. Trataba de descifrar, según él, los mensajes secretos que cantaban las conchas marinas. Compartía sus ideas con su madre a la hora de dormir, cuando invariablemente ella le leía historias hermosas, oyendo atenta y cómplice sus pláticas de niño, mientras acariciaba sus cabellos rebeldes. Sus primeros amores fueron las Nereidas que su madre recreaba en el lienzo, con ellas soñó apasionadamente sus primeras cuitas de amor. Cada una de ella despertaba una sensación distinta, con ellas fue creciendo también el anhelo de encontrarse en su camino una sola, quien le diera lo que había soñado en todas.

Ya estaba graduado en Letras y Artes, pero muy joven aún, cuando un accidente aéreo arrancó a su padre de sus vidas, Anais ya enfrentaba dificultad con sus manos por la artritis. La enfermedad y el dolor de haber perdido a Pablo precipitaron su final. Un día su corazón se hizo cómplice de sus pocas ganas de vivir y se paró sin previo aviso, Mateo la consiguió dormida para siempre en la butaca de su padre, frente a una ventana que por supuesto daba al mar. La herencia preciada de sus ejemplos lo acompaño siempre, les agradeció infinitamente los invalorables recuerdos de su niñez y el afecto libre de presiones y aprehensiones que trasmitieron a su vida. El continuó viviendo en la casa, allí pintaba y escribía. En ese mismo lugar en el cual se quedó por unos meses pintando sobre un lienzo a Ernestina. Poseído por su imagen, sin más modelo que su memoria y su pasión por ella, movió el pincel absorto en su inspiración, como si la tuviera desnuda frente a él. Ernestina fue el objeto de su más grande amor. Mateo amaba profundamente a la muchacha de Cocores quien usaba faldas largas y que mucha gente despreciaba. Ella y Mateo eran almas gemelas que se toparon en la vida sin buscarse. Venían de circunstancias e historias muy diferentes, pero la esencia de los jóvenes convergía en una misma manera de sentir y sus conceptos de la vida. La única diferencia entre ellos, era que Mateo no concebía otro ser con quien gozar su intimidad, que no fuera con la mujer que él sabía compartida con otros. Los celos no era un sentimiento que Mateo conocía y al igual que ella sentía que el amor aprisionado, sin libre albedrío, se maltrataba hasta causar dolor, romperle sus alas era convertirlo de un sentimiento noble y placentero a un tormento.

"Mi nereida, ninfa maravillosa de mi mar," le decía Mateo en sus momentos más íntimos. Y ella, como tal le daba a su navegante el disfrute de su cuerpo y la miel en su boca, llegando abrazados al mismo horizonte.

Conoció a Ernestina una mañana dominguera en el paseo de la playa de ciudad Ventura, hasta donde él había llevado sus obras para improvisar una pequeña exhibición pública. En una gran carpa de lona colocó sus pinturas, convirtiéndola en una galería informal y, sin impacientarse esperó al público que no tardó en acudir.

Ella revisaba con interés aquellos cuadros en los que prevalecía la libertad y sobretodo una inocencia a flor de piel. Todas las pinturas tenían una pureza de tonalidades, formas y texturas que le parecería muy fácil reconocer su estilo entre miles después de haber visto la primera.

Mateo conversaba con Francisco Gómez y su esposa Lía, quien estaba cautivada por el joven pintor, no por su talento, sino por sus atractivos físicos. Caprichosa y mal intencionada hizo que su marido contratara a Mateo para que le pintara un cuadro para la sala principal de la casa. Mateo aceptó la tarea y se comprometió a pintar el cuadro para la pareja, sin dejar de mirar a la joven que a distancia examinaba con mucho interés sus cuadros. Ernestina reconoció a su primo y a su esposa de inmediato, pero a pesar de esto siguió disfrutando del despliegue de arte que tenía ante sus ojos, sin que la presencia de ellos la perturbara en lo absoluto. De lo que si se percató Ernestina fue de la mirada sobre ella, de quien ya había identificado como el pintor de aquellas hermosas obras.

Cuando ya Mateo había terminado con el matrimonio Gómez, se dirigió a ella que estaba en medio de un grupo nutrido de gente, más curiosos parroquianos que potenciales compradores. Se presentó sin titubeos por su primer nombre y ella le tendió la mano dejándola descansar completa en la de él y sabiendo que en ese roce estaba pactada una relación entre ellos. Aquella figura femenina de cabellos sueltos, que el viento de la playa hacia flotar alrededor de su rostro y en el que el sol resaltaba las tonalidades verdosas y doradas, la cuenca mar de su mirada, su vestimenta danzando al ritmo del aire, ondulando ligera y vaporosa como si fuese cuidadosamente ensayado, delatando las curvas suaves de su cuerpo y su voz suave y fluida como una cascada, lo llevaron de inmediato a las ninfas que pintaba su madre, de las que se había enamorado al verlas desnudas e inocentes en el lienzo.

La primera vez que estuvieron juntos pasaron tres días encerrados en el apartamento de Ernestina. Un aroma dulce mezclado con flor de naranjo, coco y canela salía por debajo de la puerta y a través las ventanas, llegando hasta la calle, haciendo a los niños felices y a los vecinos los tenía eufóricos, al punto que muchos de ellos tenían la certeza de que estaban poseídos por algún hechizo, pero que les daba contentura. Nadie sabía la procedencia del delicioso aroma que había en el aire. Tavo con el metido en su nariz usaba su cuchillo con frenesí sobre las masas de carne que fileteaba mientras pensaba en ella y enjugaba las lágrimas mezcladas con el sudor; él era el único en el barrio que no estaba feliz. Sabía con certeza de dónde provenía el aroma que flotaba en el ambiente causando la euforia de todos menos la de él. Le invadió el miedo de que su Ernestina hubiese conocido el amor en brazos de aquel desconocido con quien estuvo encerrada por tres días. Don Nicolás Benavides tuvo que recurrir a sus pastillas para la tensión en dosis doble y hasta tuvo que usar en repetidas ocasiones la pequeña bombona de oxigeno que tenía para cualquier emergencia, porque por momentos parecía que se quedaba sin aire y la vida se le iba detrás de la intensidad de los amantes. Al tercer día, cuando decidieron despedirse, el viejo respiró con alivio, seguro de que si no se hubiese suspendido el maravilloso encuentro él se hubiera quedado tieso por un paro cardiaco frente a la ventana, con sus binoculares en la mano. Claro que morir así no le importaba, era muchísimo mejor que morir de tedio en una cama. Las mujeres del barrio estaban felices, porque sin ellas saberlo aquel aroma, que cundía en el barrio, además de alegría inusitada les daba a los maridos una pasión por ellas que las mantenía agotadas, pero suspirando de gozo. Después de este primer encuentro con Mateo, Ernestina estuvo más de un mes sin estar con Casimiro ni con Tavo, ellos, por supuesto, fueron respetuosos de su espacio.

VIII
Francisco Gómez y su distinguida familia

Cuando se tiene fortuna y no se conocen penurias en la vida, hay que tener verdadera calidad humana para ser empático a las carencias y penas del semejante. Francisco Gómez no era uno de ellos, definitivamente no era un hombre rico con esa clase de corazón. Era soberbio y déspota, por herencia, así fueron todos los Franciscos Gómez que lo antecedieron. Desde niño se acostumbró a hacer su voluntad, egoísta y adepto a humillar al que sabía estaba en una situación de desventaja. Quizás por esa razón odió a Ernestina la catorceava, quien nunca le dio la oportunidad de estar cerca para humillarla y mucho menos le dio ni la remota oportunidad de compartir su lecho.

Hijo de Francisco Gómez hermano de Ernestina Gómez la treceava y tío de la catorceava, madre de la última, sintió un deseo de posesión desde la primera vez que vio a su pariente, siendo ambos adolescentes, aunque él le llevaba algunos años de ventaja. La vio en la calle un día que él iba con su padre en su lujoso automóvil y éste con desprecio le señaló desde el auto a la muchacha, quien caminaba despreocupada levantando admiración a su paso, indicándole que esa era su sobrina, hija de una pariente descarriada, sin decirle que era hija de su hermana. Le advirtió que nunca, por ningún motivo, se acercara a la muchacha. Suficientes palabras para que el deseo de poseer a su pariente fuera un pensamiento constante, mejor dicho una obsesión en el joven Francisco. La soñaba a sus pies rogándole sus favores y se veía a sí mismo poseyéndola a su antojo. Una mezcla de rechazo y deseo se fue tejiendo en la mente distorsionada del muchacho, quien crecía tortuoso y mal intencionado. La mujer, no estaba dispuesta a ni siquiera contemplar la posibilidad de una amistad con aquel pariente. Una de las razones de su rechazo era por los consejos de su madre, que siempre le indicaron que de los Gómez solo debía tener el apellido, y eso porque en esta vida siempre hay que tener uno, la otra razón porque realmente aquel hombre se le hacía completamente desagradable. Los intentos de seducción los revestía de galantería y gestos de atención que surtían el efecto contrario, causando un rechazo más grande aun de parte de la mujer. Más tarde recurrió a los ruegos de un alma enamorada, pero con el mismo resultado. Después pensando que tal vez el interés la movería la abrumó con promesas caras, obsequios valiosos que eran devueltos invariablemente sin ni siquiera abrirlos. Con los rechazos crecía la pasión mal sana de Francisco quien llegó a hombre maduro con la rabia y el deseo frustrado de poseer a su pariente.

    Cuando Ernestina la Catorceava murió, ya el joven Francisco era un hombre, con todas las dolencias y ruindades de sus antecesores y casado con la no menos ruin de Lía Pasquier. Por supuesto sus armas se enfilaron a la hija, sabiendo a la muchacha huérfana, muy joven casi una niña, además de hermosa, aún más que la madre y sobre todo que estaba sin protección en la vida. Creyéndola vulnerable, estaba seguro que no rechazaría la protección del pariente rico y preocupado. Por años después de la muerte de su madre el asedio de Francisco Gómez fue constante y cada vez más repulsivo para Ernestina la Quinceava. Cuando su padre murió, el hombre se sintió con más libertad para asediarla. El último intento, el que le dejo el sabor más acido, y el odio bullendo en las entrañas del hombre, había sido apenas unos meses atrás. Ese mal día se le ocurrió presentarse ante la puerta de la muchacha, con un inmenso ramo de rosas rojas, un estuche de terciopelo que guardaba un valioso collar de diamantes y una sonrisa de cordero degollado. Ernestina cansada de las babosadas de aquel señor primo, camandulero y persistente, decidió darle una lección definitiva para librarse de su asedio. Con expresión complaciente y coqueta lo llenó de zalamerías, con la puerta entreabierta dejándose solamente entrever a través de la estrecha abertura. El pobre Francisco no cabía en su regocijo a medida que ella le hablaba y le acariciaba sacando sus manos para tocarle el rostro. Con la puerta entreabierta, con su cuerpo adentro, le decía prometedora en susurros que esa era el preludio a la gloria al que se sometían todos los que eran escogidos. Entusiasmado hasta la medula de los huesos, Francisco obedeció sumiso a la muchacha, quien después de tirarle coqueta varios besos y sobetearlo sacando una de sus manos a través de la puerta entre abierta, lo tenía enardecido. Muy mimosita le dijo en un susurro que se quitara los pantalones pues quería verlo como Dios lo había traído al mundo. El muy tonto, trémulo por el deseo aceptó sin protestar, entregándole a ella el ramo de flores para tener las manos libres. Ella tiro las flores y los pantalones al interior del apartamento, luego con el mismo tono de gatita mimosa le pidió también los calzones. El hombre obediente se quitó los calzones dejándolos a los pies de Ernestina, quien con un movimiento ágil de sus piernas y con la punta de los dedos de uno de sus pies metió al interior de su casa la prenda de ropa de Francisco. Él se sintió segurísimo que ese era el momento en el que entraría a completar la faena con la que tanto había soñado. Pero de repente se vio desnudo de la cintura hacia abajo sosteniendo aún el estuche para verse aún más ridículo y con un portazo en sus narices. Para colmo oía las carcajadas de Ernestina, que le había pasado llave a la puerta para protegerse del relamido sinvergüenza. Francisco rogó casi hasta el llanto. Después iracundo y amenazante, pero ella fue inflexible, le gritó que recogiera sus pantalones y sus flores en la entrada del edificio y que no la molestara más. Ernestina se asomó a la ventana y sin pensarlo dos veces tiró los pantalones, las flores y los calzones de Francisco Gómez que volaron aterrizando en medio de la calle, justo frente a la carnicería. El encopetado Señor Gómez sudaba de rabia y de vergüenza, pero no le quedó más remedio que salir del edificio con las manos tapando su pudor y con las nalgas al aire para recoger su ropa en el medio de la calle. En medio de su cólera, para colmo tuvo que sufrir las carcajadas de burla de las muchas personas que pasaban, de los niños de la calle, pero sobre todo las de Tavo que gozaba del espectáculo desde su puesto de trabajo.

La muchacha gritaba desde la ventana a todo pulmón, "eso te pasa por no entender que no es no Francisco Gómez." El hombre se puso los pantalones como pudo a toda carrera, raudo se montó en el auto, humillado como nunca lo había estado en su vida, y odiando a Ernestina con todo su ser arrancó levantando una polvareda.

Francisco se había casado con Lía Pasquier, heredera única de un millonario italiano que se había enriquecido en Paraná con la industria del coco. Ambas familias poseían dos de las fortunas más sólidas del país, derivadas de esa industria. Lía era compatible con Francisco en sentimientos mezquinos y malas intenciones, así que puede decirse que dos almas gemelas se habían unido para hacerse más ricos y más ruines, si es que eso era posible. Formaban parte de la crema y nata de la sociedad de Ventura, Lía por no perder su figura solo estuvo dispuesta a tener un hijo, más por complacer a su padre, quien pedía con desesperación un heredero de su única hija, que a su marido, quien por machismo y apariencias quería embarazar a su mujer. Pero el viejo Pasquier se quedó con las ganas de tener un sucesor porque Lía tuvo una hija. El viejo se tornó indiferente al parentesco que lo convirtió en abuelo, bastante egoísta y poco generosa era su hija para tenerla por partida doble.

En verdad entre la pareja Gomez-Pasquier ya no existía ni siquiera un lazo intimo, la vida sexual del matrimonio se había hundido en el hastío y ninguno de los dos tenía la inquietud de apaciguar sus instinto con el otro. Lía tenía sus aventuras amparadas por la ventajosa economía familiar, que le permitía esconder sus pecadillos de mujer casada. Dirigida su cacería a los meseros de los lujosos restaurantes a los que acudía con frecuencia, empleados a sus servicios, etc. Francisco Gómez, el muy distinguido y almidonado señor era más práctico que su esposa, restregaba sus miserias con la primera puta que se montaba en su lujoso automóvil en sus noches de cacería, para apagar sus fantasías frustradas con Ernestina la quinceava. Ambos sabían de las infidelidades del otro sin parecer importarles, no les causaban riñas ni malos ratos y a la hora de un evento social acudían con una intachable imagen de matrimonio feliz. Ella colgada del brazo de su marido, era ni más ni menos la perfecta señora de sociedad y él, el hombre respetable revestido de virtudes compradas con su dinero.

Emma la hija del matrimonio, quien ya hacía su propia vida, escribía con sus actos su propia historia, a pesar de que aún era muy joven. Se burlaba de ellos, de la buena imagen que se empeñaban en dar ante la sociedad, cuando todos sabían lo podridos que estaban. Por su parte ella tampoco era un ángel ni su vida un crisol, pero no tan retorcida y taimada como la de ellos. Emma había crecido sin afecto ni atención de sus padres, quienes sustituían cualquier responsabilidad o sentimiento con dinero. Emma sentía simpatía por aquella prima marginada que se empeñaba en hacer quedar mal a la dinastía Gómez. Emma estaba segura que Ernestina tenía más moral que toda la familia junta y le parecía divertida la preocupación de su padre por preservar el buen nombre de los Gómez, cuando criticaba a Ernestina severamente, mejor que nadie sabía que su padre daba la vida por follarse a la primita. Para Emma, pertenecer aquella familia era algo así como pertenecer a una compañía de teatro, integrada por actores mediocres en una representación tétrica. No había un miembro, en tan encopetada estirpe, que mereciera su respeto. Ni siquiera el recuerdo de sus acartonados abuelos a quienes recordaba llenos de tristes defectos o sus tías o retías, a quienes veía como seres de poca generosidad y llenas de soberbia, o la sarta de primos y primas inútiles todos pendientes solo del dinero. Tal vez solo la dinastía de las Ernestinas era la única merecedora de adjetivos nobles y por eso se habían separado de su línea sanguínea para no contaminarse. Ninguno nunca reconocería esa verdad e irónicamente para ellos y el mundo las Ernestinas eran la parte oscura de la familia. La caterva de retorcidos que formaban el otro lado, incluyéndola, eran los socialmente dignos, que ironía solía decir enfrente de sus padres que se escandalizaban de las opiniones demasiado liberales de su única hija. Cualquier día se escaparía con el chofer de su madre, si podía convencerlo.

Emma había descubierto un día a su madre en el auto, con las braguetas abajo, jadeando como un animal, con los ojos en blanco, mientras mantenía hundido al chofer entre sus piernas. El pobre lamiendo con su vasta lengua el sexo de la señora de la casa, esperando la orden de penetrarla, y todo para conservar su empleo. Su madre dio un brinco al verla y Teófilo se paró aturdido con los pantalones abajo y su boca abierta. El susto fue tan grande que Lía se alejó corriendo avergonzada de que Emma la hubiese visto en esas andadas. Ella por su parte quedó prendada de aquel muchacho tosco y oscuro, que la miraba atónito con ojos inocentes, con su magnífico falo al descubierto. "Súbete los pantalones si no quieres que te maten," le dijo mirándolo de arriba abajo con una sonrisa picara.

Teófilo evitó a Emma avergonzado por unos días, pero notaba los asedios mal intencionado de la niña de la casa, con preocupación, quien con su mirada lo desnudaba cada vez que se la topaba. Un día Emma lo atacó dentro de la alacena, Teófilo guardaba unos comestibles, todos reposaban después de almuerzo, y la servidumbre como de costumbre a esa hora estaba reunida en el patio. La muchacha sonriente y maliciosa cerró la puerta pasando el pasador desde adentro. La jovencita, vistiendo aun el uniforme de su escuela secundaria, mirándolo con picardía se quitó la falda quedando completamente desnuda de la cintura hacia abajo. El pobre a pesar del miedo tuvo una erección tan fuerte que a Emma se le doblaron las piernas y una corriente fuerte atizó su espalda y humedeció sus muslos. Le esculcó ávida con sus finas manos, que contrastaban con la oscuridad de Teófilo. Desabotonándole el pantalón tomó con delicadeza la dureza del hombre, quien gimió casi con dolor ante la caricia, jugueteó un poco y lo frotó contra su sexo, mientras Teófilo se encomendaba a Dios. El negro desesperado bramó, rogando al creador, pidiéndole perdón y sabiendo que no tendría escape. Mientras le besaba hambriento sus pezones y mordisqueaba la blancura impoluta de sus senos le pidió mil perdones por follar a su madre, prometiéndole seriamente no hacerlo más. Ella reclamó encendida el honor de su familia y quiso castigarlo tomándolo por el cabello de rizos duros, para hundirlo entre sus piernas. Teófilo sin poder pronunciar más palabra, con sus labios gruesos en noble función le dio muestra de su arrepentimiento, saboreando el sabor más delicioso que había probado en su vida. Ella elevada a otra dimensión creyó su arrepentimiento, gritando lo perdonó muchas veces y todas de corazón. Emma se enamoró de Teófilo casi riendo a carcajadas, imaginando la cara de sus padres al ver que su única hija se fugaba con un chofer negro, ignorante y para remate pobre. Mientras ellos se inventaron que la habían enviado al extranjero en un viaje imaginario y muy largo.

De sobra todos sabían que la hija de Francisco Gómez y Lía Pasquier de Gómez aullaba de placer en una casita de la costa al oeste de Ventura, en un pueblito muy pequeño llamado Aguas Blancas que irónicamente estaba poblado mayormente por negros. Emma aprendió de Teofilo, lo que era el verdadero amor, y lo hizo bailando al ritmo de tambores en las calles del pueblo. No se casaron hasta unos años después, primero llenaron sus vidas con cabecitas de cabellos duros y ojos claros, narices finas y labios gruesos. Los padres trataron de persuadirla, primero con amenazas de matar al negro, a lo cual ella respondía altanera con descubrir todo ante la sociedad, cosa que ellos no podían permitir, luego pasaron a la condescendencia, a las promesas y al dialogo. En esta etapa Emma sin ningún interés en regresar a la cordura y cansada del asedio de sus padres, descubrió a su madre delante de Francisco, quien se enteró, por los gritos de su hija, del amorío de Lía con Teófilo y les dijo que ese evento había sido la razón de que ella se fijara en el chofer. Lía se quedó en el sitio como una piedra, pálida y sin pronunciar palabra, no hubo reacción de ira en su padre, pero sí una gran perplejidad dibujada en su rostro, que rayos tenía ese negro desgraciado que las enamoró a las dos, pensaba Francisco Gómez preocupado. Ese fue el último intento por hacerla retomar la cordura.

Emma realmente amaba a Teófilo, por descabellado que pareciera y estar con él era su felicidad; lo que más les dolía a sus padres era saber que su hija heredaría una fortuna para compartirla con su marido. Así que la distinguida pareja continuó la fantasía, diciendo rimbombantes a todos, que Emma estaba en Paris, que allí viviría por largo tiempo ocupada en perfeccionar sus estudios, pero más de uno la vio con la panza hinchada y con su negro al lado, todos pretendían creerles mientras a sus espaldas se reían a carcajadas del cuento.

IX
Nicolás Benavidez

Nicolás Benavidez, el viejo que vivía al cruzar la calle en el edificio del frente y también en el tercer piso, había venido de España con su madre Gayetana viuda De Benavidez después de perder a su marido, el padre de Nicolás, muerto en batalla, defendiendo la república con su bayoneta y la cabeza muy confundida por aquella pelea entre hermanos, que se mataban unos a otros. Gayetana apenas enviudó tomó a su único hijo de la mano, cruzó el océano en un barco atestados de paisanos desesperados que huían de las penurias de esa guerra que al final dejaría muchos años de yugo y represión a la madre patria. José Benavidez desapareció un día de las vidas de Gayetana y Nicolás, dejándole a su hijo, como único recuerdo, una cadena de besos tristes y una mirada llena de explicaciones, en las que el hijo estaba seguro le decía sin palabras, que su ida a la revolución, no solo tenía que ver con sus convicciones políticas, se iba también buscando un escape de aquella otra dictadura, tan amarga y opresora, que dormía con él a diario. Prefirió el buen hombre hacerse matar en nombre de la causa, que regresar al lado de la tirana. Todo era mejor que seguir sometido al yugo de Gayetana, incluso dejar atrás a su propio hijo. José Benavidez creía en la República, pero no tuvo que pensarlo mucho para unirse a sus fuerzas. Aunque se jugaba la vida en esa decisión, sentía que tristemente la perdía a diario al lado de una mujer quien parecía tener solamente espinas por corazón. La guerra civil fue una terrible, que separó a novios, enviudó a mujeres y despojó a infantes del derecho de tener un padre, haciendo a los amigos enemigos, exterminó pueblos y dejó una dictadura cruel por muchos años.

Gayetana Quiroga viuda de Benavidez, una española con un físico imponente, con un temperamento y con una boca tan dura como su indomable voluntad, así era su madre y la viuda del difunto José. Nicolás la recordaba siempre vestida de negro de arriba a abajo, con los cabellos recogidos en un moño impecable, coronando su rostro blanco de perfiladas facciones y unos ojos demasiados oscuros, de mirada punzante. Llevaba siempre sobre sus hombros, un chal de encaje oscuro, que se ponía en la cabeza para acudir a la misa todas las mañanas, sus medias negras anudadas encima de las rodillas, completaban su uniforme e impecable apariencia. Mantuvo su forma de vestir, a pesar del clima tropical de Paraná, toda su vida. Para ella todas las respuestas y todos los principios estaban en el templo y en la comunión diaria y, todas las culpas en el pecado, del que tenía una versión muy personal, por la cual sus comportamientos poco misericordiosos con el prójimo escapaban airosos. En sus normas de buena cristiana, de lo que se ufanaba, no se contemplaba el dar amor a su único hijo ni la empatía con el prójimo. Nicolás fue maestro de escuela por decisión materna, no tuvo opción, y se dedicó a serlo en cuerpo y alma, para cumplir con la orden de Gayetana y de paso para esconder su timidez e inseguridades. Gayetana murió cuando ya su hijo estaba resignado a ser un solterón.

La madre de Nicolás no tenía muchos amigos, en verdad la única que recordaba Nicolás, y con mucha razón, era Doña Matilde, la había conocido en la iglesia, junto al marido de la misma llamado Tadeo. El esposo de Doña Matilde era un hombrecillo de poca estatura, grueso y callado quien no había tenido el coraje de su padre y prefirió el yugo de su mujer que pelear en la guerra civil. La pareja había llegado a Paraná en condiciones muy parecidas a las de Gayetana y su hijo, más o menos para la misma época. La amistad surgió espontánea pues las dos mujeres compartían un temperamento recio y unas normas de vida aparentemente muy similares y, para colmo, las dos venían de la misma tierra. Solo que doña Matilde tenía otra víctima, en vez de un hijo como Gayetana, porque la naturaleza sabiamente se los había negado. Lo que todos desconocían, hasta su amiga Gayetana, era que Doña Matilde tenía debilidades muy particulares.

La victima de Matilde era su marido Tadeo, quien apenas abría la boca y cuando lo hacía la mayoría de las veces era ignorado o aplastado por la voz autoritaria de su mujer. La Doña era bastante más joven que su madre, aún conservaba algo del atractivo que se va con los años y que seguramente en sus tiempos mozos la habían hecho una mujer hermosa. Al jovencito se le prendía la mirada en sus inmensos pechos y de esto la señora se había percatado. Al principio prefirió hacerse la desentendida, gozando por dentro cuando lo sorprendía, Nicolás se tornaba rojo como un tomate, las hormonas se alborotaban con el ímpetu de la adolescencia y los ojos ávidos se metían en su corpiño.

A Nicolás lo había sorprendido el ocaso sin más vivencias que los mandatos de Gayetana y un baúl en su corazón lleno de anhelos escondidos, además de unos pocos recuerdos que palidecieron con el tiempo. El único indeleble era el de Nácar, la niña de ébano, vestida de harapos y pies descalzos, coronada con tirabuzones rebeldes y ojos enormes e inocentes. La había conocido una tarde, cuando ambos eran adolescentes, en la que él siempre obediente hacía el mandado a su madre. Estaban en la pescadería del barrio, que a esa hora estaba abarrotada de gente porque el pescado llegaba invariablemente a las tres y todos lo querían muy fresco. Allí estaba ella, pidiendo el suyo a punta de gritos, se paró a su lado y enseguida se le metió en el olfato aquel olor a cenizas, a piel asoleada y sudor, que lo cimbró mudo, erizándole la piel como gallina. La niña brincaba moviendo los brazos para ser vista, entre el nutrido grupo de parroquianos, mientras las ciruelas incipientes que eran sus senos se movían al ritmo de sus brincos, dejándose ver inocentes a través de la tela gastada, casi transparente, de su viejo vestido. Nicolás sintió una flojedad extraña en sus rodillas, sin poder apartar la mirada indiscreta de aquella fruta aun verde que se le antojaba. De repente ella se percató de la presencia de aquel jovencito delgaducho, muy pálido, con un bigotito incipiente, que la miraba hipnotizado. Ella dejó mostrar sus dientes perfectos en una gran sonrisa, a Nicolás se le movió el piso y creyó que se desplomaría sin remedio.

Nácar no iba a la escuela y Nicolás estrenó su profesión de maestro tratando de enseñarle a descubrir el mundo de las letras.

Él le ofrecía a Gayetana hacer los mandados todas las tardes, su princesa de ébano lo esperaba en la esquina, para irse juntos a la orilla del mar a jugar a ser grandes. Regresaba a las horas, extraviado en un mundo de sensaciones deliciosas, sin importarle la mirada escrutadora de Gayetana, con el olor de Nácar pegado en su ropa y en sus entrañas. El pescado ya no tan fresco por el calor de la playa, prendía la lengua de su madre en una interminable garata, pero por primera vez esto no lo mortificaba.

Sentados muy pegados, siempre en el mismo banco solitario, frente al paseo de la playa, tan cerca uno del otro que Nicolás se bebía su olor, hasta impregnarse del aroma a cenizas y sudor que lo trastornaba. Ella enterraba sus pies en la tierra caliente de la playa para disimular su nerviosismo y la agitación de su pecho. Recitando el abecedario para ella, miraba su boca, y cuando Nácar obediente repetía las letras bebía su aliento hasta la última gota. Al pasar las páginas del libro, que ella mantenía en su regazo, tocaba, apenas rozando sus capullos tiernos, como sin darse cuenta, por miedo a ofenderla. Apretando su agitación ella lo dejaba hacer su antojo, porque también hacia lo mismo con el muchacho pálido y delgaducho, cuando él sostenía el libro en sus piernas. Ambos despegaban en aquel banco, en un viaje alucinado que los embriagaba, como un preludio del reclamo de sus cuerpos. Así los consiguió su madre.

Cuando ya las tardanzas de Nicolás le levantaron sospechas, Gayetana decidió seguirlo una funesta tarde. Estaban los adolescentes absortos en la lección, explorando, aprendiendo, mirándose asustados y felices, cuando de un manotazo en la cara la madre de Nicolás arrancó a su hijo de aquel delicioso pecado. "Ya me imaginaba que algo así te entretenía tanto, sinvergüenza," dijo mirando con el mayor desprecio a la pobre Nácar, quien del susto se puso blanca. Gayetana escupió venenosa y certera, "pero nunca me imaginé que era con una negrita inmunda, aunque debí suponerlo por la peste que traes en la ropa todas las tardes, solapado sinvergüenza." No le dio tiempo a defender a su amada, ni agarrar el paquete de pescado que se ponía mustio bajo el sol. Su madre lo tomó de la oreja parándolo de un tirón, tan apretado que el pobre no pudo ni volver la cara para mirar por última vez a su amada. Se lo llevó casi a rastras, con la cara ardida por la bofetada, la oreja apunto de desprenderse, pero lo peor para Nicolás era que su madre iba vociferando improperios en contra de su Nácar. Su orgullo quedó hecho añicos ante su amada, mientras en el banco quedaba la jovencita confundida con el libro en su regazo, sus ojos arrasados en lágrimas y terriblemente humillada.

Pocos días después encontraron un cuerpo en la playa, cerca del banco cómplice y muy cerca de donde encontraron también el cuerpo de Ernestina la catorceava. La niña de ébano estaba tan pálida que el color de su piel había desparecido, convirtiéndose en un amarillo transparente, aquellos ojos que envolvían a Nicolás con su miel estaban desorbitados, dándole a su amada un rostro macabro, completamente mordisqueado por los peces. De esto también indudablemente su madre tenía la culpa. Se lo reprocho, con su mirada, no podía hacerlo de otra forma no tenía valor, llorando sin que a ella le importara. En las noches con su rostro hundido en su almohada, la maldecía, la odió mil veces, le gritaba en silencio que era la culpable de la muerte de su Nácar. Gayetana, quien no sentía ningún remordimiento, no le dio a su hijo ni si quiera una frase de consuelo, sabía que él estaba destrozado, pero le importaba un bledo. Su madre le truncó su idilio, le truncó la vida a Nácar, pero más aún le truncó a Nicolás todos sus sueños y le quebró su espíritu. .

    Doña Matilde los visitaba con mucho más frecuencia desde que su marido había muerto en un accidente, el pobre Tadeo que trabajaba llevando comida que preparaba su mujer para vender a los obreros de las construcciones cercanas, un mal día se metió debajo de un inmenso pedazo de piedra que caía desde una máquina y quedó aplastado y callado para siempre. Cuando Matilde enviudó, estrechó su amistad con Gayetana, por aquello de que tenían ahora más cosas en común. Nicolás hasta creyó ver satisfacción en los ojos de su madre, al saber la noticia de la muerte del pobre hombre.

    A los pocos días de muerto Tadeo, su viuda llegó a la casa de los Benavidez, buscando a su madre. Vestida de negro hasta la coronilla, pues llevaba hasta un pequeño sombrero de fieltro, con una cómica pluma en el tope y con el corpiño abierto, más que de costumbre, hasta el principio de sus generosas tetas. Eso sí, no podía negarse que con una cara muy triste a esa hora, Gayetana estaba como siempre en la iglesia.

Para ese entonces Nicolás pasaba los quince, estaba más largo y delgado y con un bigotillo un poco cómico. La entelequia de su idilio con Nácar permanecía intacta, a pesar del tiempo, era el único espacio que su madre no había barrido con su fuerza. Él, muy educado, mandó a pasar a la doña, quien entró con expresión muy compungida, pero pasando muy cerca del muchacho perturbado hasta el temblor, el pobrecito no podía despegar su mirada de los pechos agitados de Doña Matilde, que parecían llamarlo. De repente ella con los ojos llenos de lágrimas, seguramente por su dolor de viuda, se volteó y le tomó de las manos poniéndoselas sobre sus pechos, la mujer soltó un gemido tan fuerte, que el pobre muchacho en su confusión pensó que era porque el difunto se le había aparecido y él sin saber cómo consolarla. Pero la impresión no detuvo el ímpetu del pobre Nicolás y sin saber en qué momento empezó, esculcó enloquecido los pechos de Doña Matilde, quien se dejaba hacer, entre jadeos y suspiros. Nicolás empático con la pena de la triste señora, con su boca ardiente trataba con éxito aliviar su pena. Ella lo dejaba hacer a su antojo mientras con sus manos expertas hacia maravillas con la timidez que Nicolás guardaba entre sus piernas. Todo pasó tan rápido, que él no podía recordar como terminó con los pantalones abajo, su virginidad sacrificada y encima de Doña Matilde, quien solo conservaba de su luto el sombrerito de fieltro con la pluma en el tope de su cabellera. Ambos hechos un nudo encima del sofá de su madre. El recordando a Nácar hasta las lágrimas, se arreglaba la ropa apresurado, mientras la mujerona en duelo bramaba de gusto en pelotas en la sala de Gayetana.

Las experiencias con Doña Matilde se prolongaron por bastante tiempo, ella se las inventaba para que su madre lo enviara a su casa con cualquier pretexto, cosa de que pudieran ahora estar más cómodos y Gayetana no los sorprendiera. Lo esperaba en la puerta con traje de Eva y lo asaltaba con su pasión corpulenta, sometiéndolo a sus antojos.

Al cabo de unos meses, después de cabalgar a la doña de todas las maneras posibles y de un intenso entrenamiento en las artes del sexo, sobre la cama que la viuda había compartido con Tadeo por muchos años, un día Nicolás en un estertor de placer abrió los ojos y se horrorizó de ver el gran parecido entre su amante y su madre, y lo muy lejos que estaba doña Matilde de parecerse Nácar. Asustado como el que comete un terrible incesto se paró despavorido y salió corriendo. Le costó esquivarla, pues ella siempre estaba al acecho, pero con el tiempo resignada se dio por vencida, se dio cuenta que ya sus caricias no surtían efecto en el muchacho, quién solo luchaba por zafarse de sus brazos cuando ella atacaba.

Dos palmaditas sobre su hombro era la máxima demostración de afecto que la mujer que lo trajo al mundo podía otorgarle y por supuesto, arreglarle el traje de paño gris para que fuera muy bien puesto a su trabajo. No imaginaba a su padre al lado de Gayetana en un acto de amor, se preguntaba como rayos fue concebido, por eso nunca lo juzgó, ni resintió su huída, estaba seguro que el pobre no consiguió mejor salida que irse a la guerra para escapar de aquellas cadenas tan pesadas. El día que enterró a su progenitora regresó sombrío a su casa, buscando con desespero en su corazón un poco de dolor para su muerte. Al llegar al apartamento que compartían y ver la habitación de ella abierta de par en par, se percató de que era la primera vez que estaba así, hasta la entrada a su habitación estaba vetada para él. Aún estaba la huella de su cuerpo pintada en las sábanas blancas y una mancha oscura de los restos de su última exhalación. La descubrió yerta sobre la cama, cuando después de tocar varias veces la puerta, extrañado que ella no estuviera preparada para ir a misa como todos los días, abrió temeroso de molestarla. La encontró rígida, fría, revestida de una palidez oliva con su rosario entre las manos y con los labios apretados, seguramente para no llamarlo. Ni siquiera un último momento para él, un grito de ayuda, un rasgo débil de humanidad, un perdón o un té amo hijo, un buen deseo o alguna despedida. Revisó la habitación buscando algo que no sabía, un sentido a su existencia gris, o un rasgo de dolor en su corazón por la muerte de Gayetana. Lo único que salió a su paso fue la ventana que daba justamente al edificio del frente, aquel en donde vivía la mujer hermosa, que tenía una hija y la gente les llamaba las Ernestinas. Esa fue la única herencia de su madre, el espacio de su habitación. Al pasar de los años, cuando ya estaba convertido en un anciano, esa ventana le dio vida a los tristes días de Nicolás. Aquella bendita ventana, que le dejó vivir a través de Ernestina y sus amantes todo lo que él en su juventud se le fue negado.

Doña Matilde ya era una anciana y Gayetana murió sin saber de las andanzas de la señora con su hijo. Para Nicolás ese recuerdo era parte del baúl de recuerdos prohibidos. Se la encontraba con frecuencia en la calle, pero él apenas si la saludaba con una inclinación leve de cabeza, y presuroso cruzaba la calle.

Al poco tiempo del fallecimiento de Gayetana un evento trágico conmocionó al barrio Cocores. Nicolás venia de la escuela después de terminar su jornada, cuando se enteró a través los comentarios de los vecinos, quienes estaban alborotados por el suceso, que habían conseguido en la playa el cuerpo de la mujer hermosa a quien veía con su hija diariamente desde la ventana.

Nicolás caminó hasta la orilla del mar muy cerca de aquel banco en donde él se sentaba con Nácar, una muchedumbre formando un círculo hablaba en tono bajo y sorprendido. Se abrió paso entre la gente para poder mirar al centro. Ernestina la catorceava estaba tendida, completamente desnuda, pero extrañamente las algas entretejidas como un manto cubrían su pudor. Su rostro lucía sereno y en los labios una sonrisa que parecía darle vida a la palidez de la muerte, los cabellos muy largos se esparcían alrededor dándole un fondo al cuerpo yerto. Su hija llegó corriendo hasta el grupo, la gente se apartaba a su paso, la muchacha avanzó hasta llegar ante el cadáver de su madre, sus piernas se doblaron cayendo a su lado. Ernestina la quinceava acariciaba desconsolada el rostro de la muerta bañándolo con sus lágrimas.

X
Gayetana, viuda de Benavidez

Gayetana había nacido en Galicia, España, en un diminuto poblado en la parte más occidental de la región. Fisterra, o fin de la tierra, como la denominaban muchos por la etimología de su nombre. Fisterra en la Región de Coruña, en el corazón de Galicia, una lengua de tierra que se adentraba al mar. Esa tierra hermosa la vio nacer y crecer en una humilde familia, en la cual su padre, un borracho abusivo, llamado Cristovo Quiroga, castigaba a su esposa y a su hija a punta de correazos por cualquier cosa. Adelaida, su madre, sumisa e ignorante interpretaba el castigo con una benignidad increíble, tratando de inculcarle a su hija que Cristovo no era un mal hombre, pero sin resultado alguno, porque mientras la niña crecía veía a su padre con más desagrado y el odio sustituyó al afecto que de pequeña le tenía.

Gayetana con el paso de los años se hizo una joven agraciada, su rostro era adusto, pero sin embargo albergaba cierta belleza, coronado por ojazos negros y cabello muy oscuro, sobre una piel blanca y tersa, con una figura voluptuosa. Los hombres la piropeaban en la calle, pero recibían insultos, y si la muchacha conseguía en su camino una piedra, tenían que correr veloces porque a ella no le importaba partirles la crisma. Le tocó crecer muy rápido, no tuvo más remedio, había que defenderse a como diera lugar. Si bien temió a su padre por muchos años, con el tiempo creció dentro de ella un odio muy grande por él. Este fue creciendo, hasta hacerse tan grande y profundo que soñaba en las noches con matarlo con sus propias manos. Su madre no tenía fuerzas suficientes para defenderse a sí misma, mucho menos para defender a su hija.

Una noche fría de invierno, su padre entró borracho dando tumbos a la humilde vivienda, la madre de Gayetana se encontraba en la cocina preparando la cena, al oírlo apresuro el oficio para no provocarlo. Gayetana arrodillada atizaba el fuego de la chimenea con una vara de hierro. El hombre dando tumbos, salvó la distancia que lo separaba de su hija, quien pretendía ignorarlo. Inútil era todo cuando su padre venia de la calle borracho y con deseo de maltratar a las mujeres de su familia. Para ese entonces Gayetana tenía dieciséis años, con una amargura atravesada en su pecho, que ya la hacían sentirse vieja.

Cristovo llegó hasta ella y tomándole del pelo fuertemente, la obligó a ponerse de pie, reclamando su irrespeto por no saludarlo al entrar, esa era la excusa de ese día. Siempre encontraría una excusa para embestir contra ella y su madre por cualquier simpleza, le dio una bofetada con tanta fuerza que tambaleó a la pobre Gayetana, tirándola al piso después muy cerca de la vara de hierro.

Con hilillo de sangre saliendo de su boca y con sus ojos oscuros centelleando de ira, la muchacha tomó la vara y brincó como una fiera son sobre su padre, propinándole un golpe en las costillas que dobló en dos a Cristovo. Su madre ya estaba en la sala, atraída por los gritos, tratando de calmar a la fiera que era

Gayetana, quien sin soltar la vara de hierro la miraba resentida a ella también.

"Si vuelves a tocarla a ella o a mi te juro que te mato", le gritó Gayetana a su padre que aún permanecía doblado en el piso sin poder levantarse. Adelaida no sabía qué hacer, si ayudar a su marido o abrazar a su hija para felicitarla por haber tenido el coraje que ella nunca tuvo. La muchacha tiró el objeto de hierro al piso, con fuerza, y salió corriendo de la casa.

De una borrachera se murió Cristovo, haciendo de ese día el más feliz de la vida de Gayetana, mientras Adelaida pretendía estar triste. Después de la muerte de su padre, Adelaida cayó en cama víctima de una enfermedad respiratoria y en menos de seis meses Gayetana se vio sola. Sintió la muerte de su madre, por supuesto, pero la vida le había enseñado que no se resuelve con sentimentalismo. Ya para ese entonces, Gayetana tenía una roca en vez de corazón.

Al poco tiempo vendió la humilde casa, única herencia, y con sus pocos años se mudó a una población cercana. Muros era un poco más grande de Fiesterra, a unas trece millas de distancia de la misma. Allí decidió la joven establecerse. Después de un tiempo de estar allí conoció a Juan Benavidez, en menos de un año ya se habían casado. Juan se sentía verdaderamente enamorado de aquella joven de Fisterrra y esperanzado de que con su amor podría ablandarla, pero nunca lo logró, convirtiéndose en el chivo expiatorio de Cristovo. El pobre Juan sufría todas las consecuencias del odio profundo que su esposa sentía por los hombres.

XI

Lupe Rojas

Las pasiones que embelesan al espíritu, lo llevan sin voluntad por caminos insospechados, lo dulce se vuelve amargo, el malo actúa con nobleza, el bueno como malo, el egoísta se reviste de generosidad imprevista y el generoso de repente guarda para sí lo más preciado y muestra una mezquindad nueva. La condición humana es el común denominador y la explicación lógica de estas contradicciones que nos confunden y nos baten a su antojo. Lupe Rojas era una niña que nació con bondad en su corazón, sin duda alguna. Vivió dentro de un marco humilde, pero de digna condición, en donde nunca la miseria coronó la vida de su familia ejemplar. Sus padres a la cabeza del núcleo, veían con beneplácito el fruto del buen ejemplo que habían dado en sus cuatro vástagos y sobre todo en la hija mayor que con orgullo habían visto crecer llena de virtudes.

Naturales de la ciudad de Ventura, la familia era inspiración de todos, sin excepción reconocían que sus miembros era ejemplo de vida. Lupe asistió a la primaria y luego a la secundaria. Sus buenas calificaciones y su buena conducta, siempre la hacían merecedora de méritos y distinciones escolares. Aunque dentro de los sueños de sus padres no estaba el verla como una profesional, ellos se conformaban con que aprendiera y tuviera una educación general. Deseaban que su hija encontrará un buen marido que le diera un hogar como el de ellos. Lupe no estaba interesada en casarse ni amarrarse a nadie, a no ser porque la trampa del amor se atravesó en su camino, torciendo sus deseos. Una mañana soleada camino de la secundaria, cuando Lupe cursaba su último año, Juan Rojas se plantó ante ella y sin rodeo con su hablar grave y pausado le preguntó su nombre mirándola directo a sus ojos. Ella, sonrojada hasta las raíces de sus cabellos, le preguntó que como por qué debía dárselo, Juan con seriedad y sin rodeos respondió: "un hombre al menos merece saber el nombre de la mujer que será su esposa". Lupe quedó prendada de aquella frase y de su interlocutor, quien desde aquel día todas las mañanas la esperaba para caminar con ella hasta la puerta de la secundaria, para después irse a tirar sus redes al mar buscando el sustento para su futuro hogar.

 Juan Rojas había llegado del oeste de Paraná animado por las historias mágicas que había oído de Quinvores, de boca de Nicanor su abuelo, quien le aseguraba haber dejado allí la mejor parte de sus memorias. Lo animaba a que se fuera, asegurándole que allí estaría su felicidad. Trajo su chalana, su red y su experiencia en la pesca y se estableció en Cocores hasta el final de su vida, que por cierto no fue muy larga. Al mes de cortejar a Lupe en la calle, se presentó ante los padres de la muchacha, con la misma sencillez y la misma gravedad en su voz les pidió respetuoso la mano de Lupe, quien derretida de amor escuchaba escondida detrás de las cortinas.
Si algo tenía Juan Rojas era palabra y seguridad, ambas se las dio a los padres de Lupe, dijo que en un año tendría lo suficiente para

casarse con su hija y darle una vida tan digna como la que ellos le habían dado. Juan y Lupe caminaban en las tardes por la playa haciendo planes y apagando a escondidas la fiebre de enamorados. Todo parecía perfecto, cuando un mal día Ernestina Gómez la Catorceava, con una cesta colgada de su muñeca y su cabello alborotado, enmarcando su rostro exótico, se les cruzó en el camino. Lupe sintió la punzada aguda de los celos en su pecho. La mujer les preguntó si habían visto al vendedor ambulante de verduras que por allí pasaba, Lupe tomando la delantera respondió seca y con premura en la voz para así poder seguir caminando con su amado. Juan y Ernestina cruzaron sus miradas y en ese instante se torció la historia de los tres y nació la certidumbre de Lupe que si Ernestina no se hubiese atravesado en su camino, Juan la hubiese hecho la más feliz de las mujeres.

El corazón de la catorceava de la dinastía de los Gómez supo, sin duda alguna, que el hombre que llevaba del brazo a aquella joven recelosa iba a revolver su destino. La dulce Lupe sacó su lado oscuro y se convirtió en una novia celosa e insegura, con instintos que la hacían pensar hasta en el crimen para que no se le arrebatara lo que le pertenecía. Los paseos de novios se convirtieron en una cadena de reproches y requerimientos de pruebas de amor que agobiaban al pobre pescador, quien se encontraba atrapado en su misma red desde que había visto a Ernestina.

La transformación de Lupe en una mujer resentida por los celos, sucedió sin que nada hubiese pasado entre Ernestina y Juan.

Desde ese día parecía que una fuerza superior los hacía coincidir con harta frecuencia y prometerse con la mirada lo que les estaba prohibido. En Juan por primera vez cundió la inseguridad ante lo que ya había comprometido, su palabra de honor. Su preocupación se hizo más grande, sobre todo después que ciertos paseos a la playa con su novia habían subido el tono de las caricias, hasta llevarlos hasta las últimas consecuencias. Mientras en la casa de su novia los planes de boda continuaban viento en popa, Juan buscaba una oportunidad para verse a solas con aquella sirena que había salido a su paso en la tierra. Ernestina por su parte, víctima de la misma inquietud de Juan, pero sin dejar su natural alegría, luchaba con la tentación que comprometía su conciencia.

Llegó el día de la tan esperada boda, Lupe lucía bonita, con una coronita de azares en su frente y un traje de tul confeccionado por su madre. Feliz y tratando de ignorar el poco entusiasmo de su recién estrenado esposo la muchacha inicio su vida de casada. Juan acudió como cordero al degolladero, con un traje alquilado que lo asfixiaba, la mirada perdida en la playa, la misma que esa tarde le había regalado a escondidas el encuentro que había soñado por tanto tiempo. Cómplice la playa, acobijó los cuerpos amantes tendidos en una cueva y bañados por el mar, en donde juraron en vano olvidarse, después de ese encuentro, y de no hacerle daño a Lupe.

Lupe nunca conoció la miel en sus primeros tiempos de casada, su paz y su nobleza se iban detrás de Juan, entre más cerca lo tenía más ausente estaba.

XII
Juan el Pescador

De una punta mínima casi invisible por su tamaño, una península que podía recorrerse caminando, la cual estaba colgada de la costa este de Paraná, de allí venía Juan Rojas. En ese lugar había nacido y crecido, en sus aguas aprendió el oficio de pescador de la mano de su abuelo, quien fue la figura masculina constante en su vida, porque su padre prefirió seguir una pollera que no era la de su madre y olvidar a los hijos sin ni siquiera darles su apellido.

Su abuelo materno acogió a la hija abandonada con sus tres vástagos en su casita de la playa y los levantó con disciplina y afecto. El hombre regresó de Ventura, en donde le aseguraba a su nieto haber conocido la gloria en vida en brazos de una mujer mágica, tras el llamado de su hija. Desesperada por el abandono de su marido, la madre de Juan acudió a su padre para que la socorriera.

Juan era el mayor, aprendió de su abuelo el oficio de pescar. Absorbió sus enseñanzas y cualidades morales, a su lado se hizo un hombre. Para su abuelo la palabra de honor era lo más importante en un hombre, bajo ninguna circunstancia debía incumplirse, y Juan lo aprendió así. "Jamás seré como mi padre". juraba el niño con determinación.

El viejo le contó ciento de anécdotas de su estadía en Cocores a donde se fue después de quedar viudo. Le hablaba con nostalgia de sus amores con la Diosa que allí vivía, en brazos de quien había conocido, según él, el cielo y la tierra en un mismo momento. De la dama nunca su abuelo dijo el nombre, porque un caballero nunca debía comprometer el honor de una mujer, le decía.

La madre de Juan murió muy joven y los tres hermanos se quedaron con Nicanor Rojas. El hombre cumplió con la palabra dada a su hija de no abandonar a sus hijos hasta que ellos pudieran valerse por sí mismos. Nicanor vivió hasta muy viejo, esperando que los tres nietos ya no lo necesitaran. Fue renunciando a su sueño de regresar a Cocores con el paso de los años, aunque sus nietos le necesitaban menos, su cuerpo fue cediendo a la vejez, se hizo más lento, y se entregaba letárgico a sus recuerdos, sentado en su taburete en el patio sombreado de la humilde vivienda. Pero lo que sí hizo Nicanor fue sembrar en Juan, su nieto, el deseo de conocer aquellas tierras.

Después de la muerte de su querido abuelo, Juan empacó sus pertenencias y se marchó al estado de Quinvores, precisamente a la ciudad de Ventura al barrio Cocores. No se había equivocado el abuelo en describirle la magia de aquellas playas, pero lo que no se imaginaba Juan era hasta qué punto su abuelo tenía razón al decirle que allí encontraría su destino.

Cuando Juan se enamoró de Lupe todos los veían como la pareja ideal y así él lo sentía, hasta el día que una sirena se le cruzó en el camino. No tuvo el pobre un día más de paz. Su espíritu hechizado le presentaba la imagen de la mujer hasta cuando sacaba las redes del mar, le parecía verla enredada en la red cubierta de algas. Su noviazgo se le volvió un suplicio y la promesa dada una cadena pesada de la que no se sentía con derecho a librarse. En cada beso que daba a Lupe estaba Ernestina, cuando estaba solo la llamaba a gritos desesperados. Su único paliativo era verla de lejos, pero al desaparecer de su vista la tortura se hacía más fuerte.

El día de su boda con Lupe Juan se levantó muy temprano, cansado de las noches de desvelo y de evocar inútilmente la imagen de Ernestina que se desaparecía al intentar tocarla, se fue desesperado a la orilla de la playa. Caminó costa adentro lejos del poblado, cavilando su desesperación. Dejar a Lupe no estaba en sus planes, su palabra empeñada y el honor de la muchacha que se entregó a él por amor, eran un deber ineludible. Así lo había enseñado su abuelo, hacerlo no solo sería faltar a la palabra dada los padres de Lupe y a ella, sería también una decepción a ese viejo que adoraba y respetaba aun después de muerto. Pero si bien esa era su realidad, su deseo y sus sentimientos estaban al lado de aquella mujer que apenas conocía, pero que lo había enredado en sus cabellos y en su caminar de diosa, cambiando para siempre su existencia.

Juan corrió, corrió hasta agotar sus fuerzas, cuando ya apenas se divisaba el barrio como un punto pequeño y borroso, con visos de espejismo cayó vencido en la orilla del mar. En su desesperación había caminado una gran distancia, y había llegado sin saberlo a la boca de La Cueva Las Mujeres, la más grande de todas, la más lejana y con más historias. Sus lágrimas se mezclaban con el agua del mar que le salpicaba el rostro, su pecho se rompió en un sollozo como el rugido de una fiera herida de muerte. En ese momento, como una aparición, Ernestina la catorceava surgió ante sus ojos. La imagen reverberante de Ernestina, se acercó al pescador atormentado, le tomó de la mano y le ayudó a incorporarse. El vencido y temeroso de que sólo fuera un espejismo de su mente orate, sin decir palabra se dejó llevar hasta el interior de la cueva. Entraron por su boca estrecha, uno detrás del otro. Ya adentro se abrió el espacio, que magnifico, por su belleza y por la soledad era de ellos. Llena de rocas verdes de formas protuberantes y caprichosas, bordadas en caracoles y musgos aterciopelados y un suelo de arenas blancas bañadas de agua tibia y clara. Era la misma cueva en donde Ernestina la Primera se había entregado al pirata y que allí mismo, decían, había parido a su hija.

La abertura en la parte superior dejaba colar la luz del mediodía. Aun creyendo que su mente le jugaba una cruel aparición, Juan no se atrevía a pronunciar palabra. Su cuerpo febril y húmedo, temblaba con cada latido de su corazón. Ernestina lo condujo silenciosa y sin premura. Al llegar a un punto sombreado se tumbó con suavidad en la arena blanca y húmeda, Juan como hipnotizado hizo lo mismo, postrándose de rodillas muy cerca de su amada. Se les pegó la ropa mojada a sus cuerpos ardientes y se desprendieron de ella sin premura, quedando a merced de la desnudez.

El eco recreaba sus gemidos como un coro perfecto que acompañaba el sonido de las olas y el ondular de sus cuerpos. Juan estaba enredado en los cabellos mojados de su ninfa, bebiendo la vida de sus pechos de diosa. Lloraba aún, pero ahora de gozo pleno. Se detuvo el tiempo, se cambió el rumbo del viento, la marea fue subiendo poco a poco, meciéndolos acoplada al movimiento armonioso de sus cuerpos, el sol se ocultó y todo se tornó oscuro por un momento, luego salió la luna, más resplandeciente y brillante que nunca, y las aguas bajaron. Se despidieron con besos interminables, prendidos uno del otro, con la única promesa de no volverse a encontrar. Así llegó Juan esa noche a su boda con Lupe, con Ernestina incrustada en su piel, con Ernestina pegada a su cuerpo, con su aliento tibio en su respiración, con los ojos inundados de su imagen y sin corazón, porque se lo dio a Ernestina en la cueva Las Mujeres la tarde del día de su boda.

Tal vez nadie les creería a Ernestina y a Juan si ellos hubiesen dicho que tan solo una vez estuvieron juntos en la cueva cómplice, que nunca más se tocaron ni pautaron citas, mucho menos Lupe, quien juraba que los amantes se veían a escondidas con harta frecuencia. Esto desataba escenas de celos terribles que atormentaban aún más a Juan. Para atizar más el odio de Lupe, una noche encima de ella, grito desesperado el nombre de Ernestina por equivocación. Lupe nunca creyó en la fidelidad de su marido en esos quince años, en los que con su cuerpo Juan le fue totalmente fiel. Era tal su obsesión que hasta le parecía percibir el olor de Ernestina en la ropa del hombre, cuando el pobre Juan llegaba agobiado al atardecer de su jornada de pesca.

Cuando Ernestina Gómez la catorceava empezó a lucir su barriga, Lupe Rojas también lucia la suya y ambas parecían crecer al mismo ritmo, vigiladas una de cerca y otra a distancia por el pobre Juan, quien no se atrevía a hacer conclusiones precipitadas y menos preguntar a la causante de su angustia sobre el fruto que llevaba en su vientre; primero porque desde aquella tarde, unas horas antes de su boda en la cueva nunca más hubo un acercamiento entre ellos, y segundo, porque sabía que Ernestina era libre y no escatimaba su amor a los que escogía. Era de conocimiento público o así decía la gente del pueblo, que su amada tenía otros amantes. Por último, porque saberlo ajeno o saberlo suyo seria morir de dolor, prefirió escoger la incertidumbre y vivir el suplicio de la duda en silencio.

XIII
Ernestina Gómez la Primera

La misma mansión, la misma generosa propiedad sembrada de hileras interminables de altos cocotales, que se extendían hasta la orilla del mar. La casona, aunque era la misma mansión de Los Gómez, en esa época no tenía los arreglos y modernizaciones a que fue sometida a través de muchas décadas. La casona original, la construida para la primera generación Gómez, que llegó al pináculo de la economía de todo el pequeño país, en donde nació nuestra historia. Ernestina la Primera había nacido en las manos del médico de la familia Gómez, el Doctor Ignacio Izaguirre, un viejito menudo de expresión bondadosa, pero de manos muy firmes a la hora de sacar la vida del vientre de sus pacientes. En la amplísima habitación del matrimonio, entre las sábanas blancas de fino percal y encajes de hilo, hacía más de un siglo atrás que el buen doctor Izaguirre había traído al mundo a nuestra primera Ernestina. La madre sobre la cama en la inmensa habitación, alumbrada por los quinqués y candelabros de plata, sin sufrir los dolores de parto que ya bien conocía, porque este era su cuarto hijo, sentía deslizar entre sus piernas la tibieza extraña de la criatura y un líquido viscoso que mojaba sus muslos. Una sensación de desprendimiento total de sus entrañas, sin dolor alguno. Antonieta de Gómez nunca había sentido algo parecido en sus anteriores partos. La madre estaba convencida, que en ese desprendimiento extraño se había ido su conexión con aquella hija, a quien siempre sintió como a una extraña.

El embarazo de Antonieta de Gómez, no tuvo como en los anteriores, antojos ni jaleos de estomago. Mas si tuvo la señora una obstinación que ella misma no entendía, pasaba las horas del día en la terraza de la casona que daba directamente al mar, en silencio y bebiendo el viento salobre que de allí venia, manía que desapareció, como por arte de magia, tan pronto la criatura vino al mundo. Durante los nueve meses de gestación comía pescado a diario, con tal voracidad que hasta los ojos del animal desaparecían del plato, chupaba ávida el espinazo ante el asombro de su marido y de sus otros hijos. Lo que más le extrañaba al Señor era que su mujer había perdido "la clase" con aquel extraño embarazo. Insistía en andar ligera de ropa y con los cabellos alborotados al aire, algunos de los allegados a la familia temían que Antonieta estuviese perdiendo la razón. Al caer las tardes insistía para que la sirvienta que atendía sus cosas personales le acompañara a tomar un baño a la orilla de la playa, en donde desnuda y sin muestra alguna de pudor, con las piernas abiertas de par en par, se acostaba sobre la arena y dejaba el agua del mar correr sobre su abultado cuerpo. Olía las algas con frenesí e insistía en oír los cantos provenientes de las conchas marinas que hacía recoger para ella. Todas esas fijaciones desaparecieron como por arte de magia al parir a Ernestina y, se disgustaba la señora cuando alguien traía a colación algún comentario de las manías extrañas que había adquirido en su última gestación.

La servidumbre atareada corría a la cocina para traer paños limpios y agua hervida. La madre, sobre las finas sabanas, estaba impávida ante el proceso que no tenía nada en común con sus partos anteriores. El Doctor Izaguirre en sus treinta y tantos años de experiencia nunca había presenciado caso parecido, y es que el veterano doctor había seguido mes a mes el transcurso de aquella gestación suigéneris. Si bien el galeno había asistido a mujeres que no presentaban grandes dolores a la hora de parir, nunca una como aquella, en la cual el único síntoma que presentó la señora, quien ya estaba en los nueve meses de preñez, fue la precipitación increíble de líquido claro que brotó de su cuerpo de manera abrupta y desmedida. Tanta fue la cantidad del líquido que la habitación quedó inundada, mojándole a todos los pies, salía del cuarto hacia el pasillo, bajando por la majestuosa escalera en cascada, dejando a su paso todo limpio y con un raro y agradable aroma que flotaba en toda la casa. La casona olía a coco, canela, a la flor del naranjo y miel; el olor, con seguridad, venía del líquido que había expulsado la madre y les daba a todos una inusitada alegría. La servidumbre con enormes mantas trataban de secar el torrente del extraño líquido, el señor de la casa, quien asustado no daba crédito a aquel fenómeno, resbalaba y se sostenía de los muebles y de las paredes para no caer.

Era una noche tormentosa, los rayos se dibujaban amenazantes en el cielo, para después estremecer la casona con su rugido, haciendo a todos exhalar suspiros y exclamaciones de temor. Cuando nació la niña, con los ojos muy abiertos y mirándolos a todos con dos pedazos del mar en su diminuta cara, dejó de llover y el cielo se bordó de puntos de luz, tornándose claro a pesar de la noche. De la tormenta no quedaba rastro y la tranquilidad volvió a la casona.

El nombre de Ernestina fue dado por su padre, quien siempre había querido tener ese nombre entre las mujeres de su familia. La madre estaba exangüe por aquel parto, que si bien no le había causado dolor, sí mucho desconcierto. Después de nacer la niña cayó en profundo sueño, el cual duró dos días, despertándose sin protestar ni opinar por el nombre escogido por su esposo para la recién nacida. Antonieta miraba ausente a Francisco cuando le decía que la niña se llamaría Ernestina y, sin ni siquiera preguntar por su hija volvió a caer en un sueño profundo por dos días más.

Carmela, la noble muchacha que servía en la casona desde muy niña, lucía una enorme panza que no tenía padre, ni preguntas de nadie. Crecía su embarazo al ritmo del de la señora de la casa, pero un dolor punzante en su vientre antes de los nueve meses fue el anuncio de que algo que venía mal. El bebe nació muerto a pesar de los esfuerzos de la comadrona. Con su pedacito de carne mulata yerta sobre su pecho, lloraba Carmela, mientras la comadrona terminaba de limpiarla. En la casona nadie pensaba en ella, todos estaban muy ocupados en asistir al Doctor Izaguirre y a la Señora de la casa.

Los pechos de Carmela lloraban leche en abundancia, mientras la negra lavaba su rostro con lágrimas silentes. Antonieta De

Gómez, por el contrario, por primera vez, no produjo ni una gota de leche para amamantar a su criatura. Sabiendo que Carmela la derramaba todo el día sin tener a quien dársela, decidió de acuerdo con su marido que la negra amamantara a Ernestina. Así llegó la niña al regazo tibio de la joven negra, la niña se acomodó en su pecho confiada y feliz, un lazo que las uniría para siempre.

Ernestina la primera se tomó la leche del bastardito mulato, que le cedió su puesto en este mundo. Le acomodaron un catre en la habitación de la recién nacida y Carmela consoló su perdida, entregando sus desvelos a aquella hermosa criatura, que llevaba el mar en los ojos, chupaba sus pechos con avidez y le regocijaba la vida.

"Ernestina, Ernestina!..." gritaba la negrota de cara bondadosa a la niña que se le perdía de vista correteando entre las palmas de cocos. La niña de cabellos dorados-verdoso, que herían la vista de Carmela, reía feliz sin parar su carrera, escondiéndose detrás de las palmas sin importarle arruinar la fina tela de su vestido largo, de costosos bordados, ni que las cintas de raso que ataban su cabello se desprendieran y volaran por los aires. Los padres la veían crecer a la distancia bajo la vigilancia de la negra.

Ernestina nunca tuvo lazos afectivos con sus padres ni con sus hermanos. Antonieta, su madre, después de parirla la veía como el recuerdo vergonzoso de aquellas aberraciones sin explicación lógica que la invadieron en su embarazo. Todos en la familia la veían como una imposición rara de la vida, que nada en común tenía con ellos. Hasta la belleza de la niña les era ajena, porque sus rasgos, su sensibilidad, y su rebeldía no tenían ninguna similitud con los Gómez. Aunque recibió la misma educación de sus hermanos y con los mismos tutores, sus conceptos siempre iban por el camino de la contradicción. Los maestros sudaban incómodos ante sus cuestionamientos directos, demasiados profundos para una niña, que además no admitía bajo ningún concepto respuestas triviales. Su inteligencia era interpretada como imprudencia, y su sensibilidad como caprichos o descaros de niña rebelde.

    Carmela envejeció sin pareja, y del amor sólo conoció las embestidas y atropellos del señor de la casa, que aunque con palabras despreciaba a los negros, apenas ella empezaba a florecer su cuerpo de ébano la tomó para sí, sin pedirle permiso y sin pronunciar palabra. Entraba en la habitación de Carmela bajándose la bragueta y la poseía, con rabia al principio para luego terminar con besos torpes, susurrándole incoherencias, que la pobre niña no alcanzaba a entender. Al pasar del tiempo entendió todo, y también entendió que no podía protestar. El señor Francisco Antonio Gómez usó su cuerpo, hasta que un día le notó la cintura más ancha, los pechos hinchados y los pezones muy grandes, de sobra sabía lo que a la muchacha le pasaba. Para ese entonces entró otra mulata aún mas joven a servir en la casa. Los pasos del señor se desviaron en las noches a su puerta.

    Carmela sirvió en la casa de los Gómez hasta que la primera Ernestina fue echada a la calle por su padre, el mismo hombre que violaba a todas las negritas y mulatas que tenía a su alcance, sin importarle que aún fueran unas niñas y lo peor sin que la sociedad lo condenara por ello. Nadie se atrevía a decir nada sobre la sarta de mulatitos canela que corrían en el patio, y todos como una maldición parecían su réplica de chocolate claro y ojos verdes. Su esposa apañaba hipócrita sus actos, ignorándolo desviando su vista y sus pensamientos a cosas más agradables.

Ernestina creció libre y sin ataduras visibles, a pesar de las muchas que su familia pretendió ponerle. Al darse por vencidos ante la irreverencia de la niña terminaron por entregarla totalmente a las manos de la fiel sirvienta. Fue lo único noble que hicieron por ella. Temían que los pusiera en mal ante la sociedad de Constanza, que en esa época estaba constituida por no más de diez familias, en donde el honor estaba directamente ligado con el dinero y a las apariencias que Ernestina definitivamente no estaba dispuesta de ninguna manera a mantener.

Carmela volcó su nobleza e instinto maternal en aquella niña hermosa, de cabellos dorados y piel de porcelana, con un carácter que parecía más de una negra rebelde que de una señorita de sociedad. Hasta tuvo la osadía desde muy niña de llamarla mama Carmela, costumbre que sus padre veían con horror y que trataron, con severos castigos, de erradicar de la niña, pero sin ningún resultado. Antonieta pensaba, sin decirlo, que la conducta de la niña era un castigo a su marido, por la inclinación que tenia por las sirvientas jóvenes de la casa, pensaba que tal vez cuando ambos la concibieron él estaba pensando en la que tenia de turno más que en

121

ella. Esa conclusión la hizo apartarse de su hija menor y negarle el afecto que les daba a sus otros hijos, Ernestina no tuvo problemas en recibir éste de Carmela y de los otros sirvientes que la adoraban y veían en la niña las virtudes que su familia ignoraba. Su padre la veía como un ser de belleza tentadora y sin igual, pero sin sentir ninguna atadura paternal. A veces trataba, inútilmente, de acercarse a la niña, pero la chiquilla huía despavorida a refugiarse en los brazos de su mamá Carmela.

Al cumplir Ernestina los doce años, Don francisco dio la orden de sacar el catre de la negra de la habitación. La niña lloró en brazos de Carmela hasta quedar exhausta, le rogó inútilmente a su padre que no lo hiciera. Carmela no tuvo más remedio que obedecer al patrón, pero lo que si no hizo fue dejar de acompañarla todas las horas del día. Se despertaba en el medio de la noche para ir a la habitación de Ernestina, siempre temerosa de encontrarse al patrón amparado por la oscuridad. La niña correteaba los patios y corredores de la mansión, mezclándose con la servidumbre. Ya de adolescente su belleza era inquietante. Bailaba con los negros, al ritmo de los acordeones y tambores, con movimientos que parecían partir su cuerpo, sus pies se deslizaban con más destreza que el mejor de ellos. Corriendo llegaba hasta la playa seguida de la acalorada Carmela, recogía caracoles, jugaba con las olas y se tendía en la arena a buscarle forma a las nubes, mientras despreciaba los vestidos caros, las joyas con las que su padre pretendía adornarla y cualquier esfuerzo que éste hiciera para acercarla.

En esos años los los pasos del señor de la casa dejaron de marcar sus huellas hacia los cuartos de las sirvientas, las pobres descansaron de los asedios y acometidas del señor. Carmela que lo conocía mejor que todos, vivía en vilo temerosa que los instintos del señor hubiesen conseguido un camino más corto y aberrante, pero nunca se atrevió a preguntar porque la sola idea la aterrorizaba.

Pasaron raudos los años, convirtiendo a Ernestina en una joven de hermosura poco común, levantaba los comentarios masculinos sin proponérselo, también la envidia de las féminas incluyendo a sus hermanas. Un día Ernestina se escapó a la playa, burlando la fiel vigilancia de Carmela. Regresó al atardecer feliz, pero muy callada, sin compartir con la negra su experiencia, oyendo sus regaños sin protestar ni agregar palabra, realmente ni la oía, Ernestina estaba en otro lugar, solo su cuerpo estaba presente Carmela asustada, tomándola por los hombros, la sacudió fuertemente, exclamando temerosa: "¿muchacha que has hecho...?"

Se escapó muchas veces más, y siempre rumbo a la playa. La pobre Carmela no podía impedirlo, su niña le aventajaba, cuando ella pestañeaba ya había desaparecido de su vista. La esperaba horas enteras sentada en la orilla de la playa, sin atreverse a regresar a la casa y poner a su niña en evidencia, pero entendiendo que aquellas escapadas de Ernestina eran algo mas que una de sus travesuras.

Después de muchas escapadas, una tarde regresó diferente, la buena de Carmela la vio más hermosa, reverberante, empapada de pies a cabeza y con un brillo extraño en sus ojos verdes. Besando a la sirvienta en la frente le dijo con lágrimas en los ojos: "hoy conocí la gloria en brazos de un pirata, en la cueva Las Mujeres, y le he dado mi cuerpo mama Carmela, porque él me regaló su alma."

La cueva Las Mujeres era una cueva en medio de la parte más desierta de la costa, estaba formada en su totalidad por una inmensa roca que subía tan alto y escarpada que pocos podían escalarla, en su tope una abertura de forma caprichosa dejaba colar el sol parcialmente en su interior. Desde arriba, y a través de aquella ventana natural, se podía apreciar el azul turquesa de las aguas transparentes que la bañaban, pobladas de pececillos diminutos de colores nunca vistos, que nadaban en aquel el espejo impoluto y salado. Arenas blancas como la sal circundaban la cueva, era un lecho perfecto para relajar el cuerpo de los que hasta allí lograban llegar. Estrechos pasillos la unían a otras cuevas más pequeñas, creando mágicas melodías, producto del juego del aire que paseaba veloz por ellos. Era un lugar paradisíaco, a no ser que la marea llenara sus fauces, entonces se convertía en una trampa sin salida.

Carmela no preguntó más nada porque presentía que la muchacha decía la verdad. Cuando ya habían pasado los meses y Ernestina escapaba todas las tardes a la playa, una mañana mientras desayunaba con toda la familia, les dijo a todos muy seria, pero sin ninguna tristeza: "voy a tener un hijo y su padre es un pirata". Carmela que en ese momento llegaba al comedor con la charola de plata cargada de panecillos calientes, la dejó caer y su rostro prieto se puso blanco. Antonieta se recostó en la silla víctima de un soponcio, su padre se levantó de un brinco quedando pálido e inmóvil con una expresión más de miedo que de cólera, mientras ella los retaba a todos con su mirada. Sus dos hermanas Isabel y Carmen y sus hermanos Aldo y Francisco José la miraban con caras de terror esperando que en cualquier momento se desatara una desgracia. Muy tranquila se retiró antes que su padre saliera del estado catatónico que lo mantenía de pie y que su madre recuperara el sentido perdido por el soponcio.

Seguida del gran saco de nervios que era Carmela, Ernestina se fue a su habitación a prepararlo todo, porque sabía lo que vendría. A estas alturas a la única a quien le pidió perdón fue a su fiel sirvienta y le dijo sin vacilar: "tu vienes conmigo mama Carmelita, no dejare que te hagan sufrir por algo de lo que no tienes ninguna responsabilidad, tú no tienes la culpa de nada."

Como era de esperar al rato llegó el mayor de sus hermanos como emisario, Francisco José con aires de grandeza ofendida por su hermana menor, muy atiplado, le echó en cara su pecado imperdonable, participándole con frialdad la decisión de su padre, con la aprobación de su madre y el amén de sus hermanos. Todos estaban de acuerdo en que debía irse de la casa, recibiría dinero para su sustento y para el del fruto de su pecado, pero no sería ya mas parte de aquella digna familia. Ella, sin decir palabras con un gesto altanero le mostró la maleta que ya estaba hecha en sus manos y tomando a Carmela de la mano pasó ante él sin mirarlo.

Salieron las dos mujeres por la puerta trasera, no por vergüenza sino para despedirse de la servidumbre, que consternada no se cansaban de expresarle la tristeza de verla partir en esas condiciones. Muy segura les dijo que nunca perteneció a esa familia, pero que a ellos los recordaría siempre con gran afecto. Besó a cada uno y partió seguida de la llorosa Carmela que aún no asimilaba todo lo sucedido aquella mañana. Ernestina Gómez la Primera tenía para ese entonces dieciocho años.

Decían que Ernestina la Primera había parido a su hija en la cueva Las Mujeres, en la misma que según ella en brazos de un pirata la había concebido. Era lógico pensarlo, porque a los nueve meses de su embarazo un buen día salió muy temprano sin avisar a Carmela y en la tarde se apareció ante ella empapada de pies a cabeza, muy pálida, sin barriga y con una pequeña recién nacida en sus brazos. Puso la niña en los brazos de la negra y casi sin voz por la debilidad que le embargaba le dijo suave: "ten, cárgala, es tu nieta, se llama Ernestina como su madre Ernestina Gómez la Segunda. ¿No es hermosa?"

Si Ernestina la primera vivió un gran amor con el padre de su hija a nadie le constó, porque ni siquiera Carmela conoció al pirata. Amantes tuvo después, y varios, a todos los hizo felices y todos la respetaron. Los rechazados, que fueron muchos, se llenaban la boca con la hiel del despecho y desacreditaban su moral sin que en ella hiciera mella.

Un poco antes de desaparecer para siempre Ernestina la primera recibió una misiva de manos de uno de los sirvientes de la casona, su madre la llamaba desde su lecho de muerte y enviaba un carruaje para llevarla. Ernestina despachó al mulato mensajero, le dijo que le comunicara a su madre que acudiría a su llamado esa misma tarde, pero por sus propios medios.

La habitación que la había visto nacer estaba en desorden, casi en penumbra. La enferma agitada se revolvía en el lecho sin encontrar acomodo, ni alivio a sus dolores. Cuando Ernestina se acercó el rostro de su madre estaba sudoroso y muy pálido, trató en vano de esbozar una sonrisa, que se perdió en una mueca indefinida. Cuando la tuvo a su alcance Antonieta tomó una de sus manos, las apretó trémula y se la llevó muy lento a sus labios, llenándola de besos tardíos. Ernestina liberando su mano acarició su frente, consolándola con genuina piedad. Su padre apareció en el umbral, un latigazo recorrió su espalda y ahora el temblor no era de la enferma si no de la propia Ernestina. La figura del hombre había mermado, sus hombros antes anchos parecían caídos en derrota. Las palabras fueron para su madre, a su padre no le dijo nada. La acompañó hasta que el cansancio y la debilidad rindieron a la enferma. Su padre trató inútilmente hilvanar frases que llevaran a una conversación, que por supuesto Ernestina no toleraría de ninguna manera. Perdonó a su madre, la mujer se lo imploraba, no podía dejarla morir de esa manera. Después la visitaba todos los días hasta que una mañana con sus manos entre las de Antonieta, esta cerró sus ojos para siempre.

No volvió a ver a Francisco Gómez, su padre, pero se enteró de lo que todos decían; que una rara enfermedad atacó sus partes pudendas, causándole una enorme hinchazón y un prurito desesperante y que cuando murió estas eran tan grotescas, dolorosas e incomodas que en más de una ocasión por tal condición lo encontraron con la pistola en la sien determinado a quitarse la vida. Pero todos sus intentos fueron vanos, porque una mano salvadora aparecía siempre para prolongar su tortura y hacerlo vivir hasta que Dios lo hiciera pagar todos sus horribles pecados. Decían los que estuvieron presentes en el velorio, que la urna en la cual guardaron sus restos tuvo que ser reforzada y a la hora del entierro fue arrastrada por tres mulas y un buey hasta la sepultura. Era tal el peso de sus testículos que no había fuerza humana que levantara aquella caja. A las bestias, después de su titánica misión, tendidas exangües al llegar al cementerio de la familia, hubo que darles mucha agua y pasto para que se recuperaran. Sus hermanos optaron por olvidar a Ernestina y hacer caso omiso a lo que su madre les había contado en su lecho de muerte, nunca reconocieron las horribles faltas de su padre, la apatía de Antonieta ante esa situación y, acomodándose felices y sin remordimientos en la posición que habían heredado, llevando también con ellos, como parte de la herencia, las miserias que adolecían todos los Gómez.

XIV

Los Hechos

Eleuterio Pernalette se levantó muy temprano ese día, el anterior al que el jefe Municipal anunció en la madrugada la desgracia acaecida en el 705 de la calle principal del barrio Cocores. Se acicaló con esmero, se puso su loción inglesa con golpecitos repetidos sobre su arrugado rostro, Don Eleuterio tenía una encomienda que cumplir. No sabía por qué haber esperado tantos años para entregar aquella carta que sostenía en sus manos en un sobre amarillento cerrado hermético.

Ernestina la catorceava se había presentado en la casa de Don Eleuterio unos días antes antes de que encontraran su cuerpo en la playa. Le pidió que lo entregara a su hija ese día, ni uno antes ni uno después, fueron sus instrucciones. Lo relevante que tenía para los que seguimos la historia, es que era el día en que había nacido Ernestina la Primera, haciéndole énfasis que tenía que ser en ese año, en el que ocurrieron los hechos en el barrio Cocores. El viejo Pernalette le cuestionó, muy curioso, preguntó porque no lo hacia ella. La mujer con una sonrisa triste, le dijo que para esa fecha ella no estaría en aquellos predios. Aceptó sin comprender muy bien las palabras de su amiga. Lo hizo por el gran afecto que le tenía, también porque le dijo que era para ella muy importante, pero sobre todo por el venerado recuerdo que le había dejado su madre, Ernestina la Treceava. Debió intuir la mujer que la salud y el entorno de Don Eleuterio Pernalette lo hacía acreedor a una vida larga. Pero sobretodo lo había elegido para esta tan importante encomienda, porque conocía el honor intachable de su amigo.

Salió el viejo ebanista de su casa, se dirigió hasta la casa de Ernestina la Quinceava decidido a cumplir su misión. La muchacha según le había dicho el carnicero había salido temprano y el no sabía a qué hora estaría de vuelta, aunque generalmente se le veía llegar ya caída la tarde.

Afanado Tavo, cortaba los filetes que tenía frente en una inmensa tabla, limpiándose repetidas veces las manos en el delantal ensangrentado. Unas inmensas ojeras circundaban su mirada, en su voz no había la alegría acostumbrada para los clientes. Todos estuvieron de acuerdo, al reconstruir los hechos, que Tavo el carnicero no era el mismo, la mañana del día en que en el barrio Cocores vio la sangre correr lenta y espesa rumbo al mar. Su misma madre lo confirmó después.

Tavo llegó a su casa cinco noches antes del día de los hechos, dando tumbos y no de borrachera, solo le respondió a las preguntas de su madre con una mirada y un rugido en el pecho tan fuerte como el trueno que anunciaba una terrible tormenta. Lupe segura que aquel dolor que destrozaba a su hijo no tenía otra fuente de origen que aquella puta de quince suelas que era la hija de la mujer que le había ganado la partida y quien se fue a mejor vida con su Juan. Lo hizo robándose hasta los suspiros del hombre y a ella la felicidad. Odió a las Ernestinas esa noche, sobre todo a la última que en ese momento hacia sufrir a su hijo como un condenado. "¡Maldita, maldita Ernestina Gómez!"

Francisco Gómez no daba crédito al papel que tenía ante sus ojos y que no era ni más ni menos que una carta dejada por su padre, que tenía tanto valor como un testamento. La carta tenía en su contenido instrucciones precisas para su abogado de no darla a conocer hasta ese día preciso. "Condenado viejo", bramó el hombre enfurecido, poniéndose de pie, Francisco Gómez empezó a patear todo lo que tenía a su alcance. Ahora resultaba que su padre quien no había sido más que un viejo hipócrita camandulero y de tan bajos instintos como los que él había heredado, en un último momento de remordimiento había decidido resarcir a las Ernestinas de todas las injusticias que según aquel maldito papel se habían cometido en contra de ellas. Empezando por el padre de la primera, que según la carta había originado aquella historia tan vieja como sórdida y que según él ya no interesaba a nadie. Porque si todos los demás cabezas de aquella familia se habían guardado los trapos sucios y la injusticia; su padre después de muerto, y de disfrutar totalmente del poder y la fortuna de la familia Gómez en vida, venía a joderle la vida con aquella gazmoñería de escrúpulos a destiempo. Ese día precisamente el día del cumpleaños de Ernestina Gómez la primera, quince generaciones atrás.

El muy desgraciado de su padre, lo dejaba a él, a su único hijo, en la inmunda calle, poniendo en manos de Ernestina la Quinceava la mayor parte de la fortuna de los Gómez y dejándole a él tan solo una módica pensión, apenas suficiente para sostenerse. Maldito, maldito mil veces maldito, cómo se había atrevido su padre hacerle semejante cochinada, dejando casi todo en manos de aquella putica de tercera. Ahora precisamente cuando se había aprobado, a pesar de las objeciones de Casimiro Arbeláez, la construcción de un resort gigantesco en las playas de Cocores. Del que Francisco Gómez sería uno de los accionistas principales. Se había comprometido a invertir un capital en el proyecto que le redundaría ganancias gigantescas. Esperó y manipuló con todo su poder para la aprobación del resort. Peleó bajo cuerda en contra de Casimiro Arbeláez para lograrlo. Ahora que todo estaba a punto de iniciarse le salía el fantasma de su padre con aquella noticia, sacando a la luz cartas y pecados de más de un siglo atrás.

Francisco Gómez sabía que podía acudir al padre de Lía, pero no quería compartir las ganancias del mencionado proyecto con su suegro quien ya tenía bastante.

El abogado sintió que ya no tenía ninguna función que cumplir sintiendo que había llegado el momento de retirarse. Debía ahora visitar a la heredera para participarle los hechos y ofrecerle sus servicios. El doctor Marino salió silenciosamente de la estancia, cerró la puerta del estudio dejando a Francisco Gómez poseído totalmente por el odio y el resentimiento revueltos en un sentimiento muy, muy oscuro. Así que su padre lo había tenido todos esos años trabajando por aquella fortuna que al final otorgaría a Ernestina Gómez la Quinceava, la que ensuciaba la imagen de la familia, la bastarda, la manifestación viviente de una vergüenza que los había perseguido. La misma maldita que le quitó los pantalones y los calzoncillos dejándolo con las nalgas al aire.

Don Nicolás se levantó lento y pesaroso apenas amaneció, sus sueños estaban invadidos por la imagen divina de Nácar que le sonreía con la misma dulzura de aquellas tardes de la adolescencia, pero que después, poco a poco, en una descomposición odiosa, su rostro se tornaba en una mueca mórbida. Sus hermosos ojos, color de miel se salían de sus órbitas y sus blancos dientes se caían uno a uno. Ella le reclamaba con una voz de angustia la afrenta de aquella tarde, su piel de ébano al mismo tiempo se tornaba arrugada y descompuesta. Varios días llevaba el viejo con las mismas imagines en su sueños, lo que más le dolía era no poder alcanzar a Nácar para darle las satisfacciones que merecía y decirle que había sido su madre quien no lo dejo regresar por ella a la playa. Para colmo Ernestina estuvo perdida de su ventana, después de la noche que la vio sentada en los escalones de la entrada conversando con Tavo.

El día anterior de la madrugada de los hechos, muy temprano vio a la la muchacha salir de la mano de Mateo. Cuando por fin la vio regresar, en horas de la tarde, pudo detectar, aún a la distancia, una tristeza profunda en su semblante. Entre las pesadillas con Nácar y el no poder remediar la pena de Ernestina no sabía el viejo qué era peor.

El viejo Benavidez cruzó la calle, una mañana, cuando apenas comenzaban a cantar los gallos. Una atracción superior que le parecía Divina lo llevaba, el sol apenas levantaba a los vecinos del barrio. Subió con mucha lentitud hasta el tercer piso ayudado por su bastón. Ernestina tenía la puerta abierta; le tomó de la mano y halándolo suavemente cerró tras él. De aquel encuentro nadie fue testigo, ni nadie supo cómo se concertó la cita, ni conoció la razón. Esto sucedió tres días antes de la noche en que corrió la sangre en el 705 del barrio Cocores. Tavo fue el único que vio a Don Nicolás, y así lo dijo a las autoridades. El viejo caminaba aún más lento que de costumbre, pero por el contrario, al salir parecía rejuvenecido y feliz; claramente el carnicero pudo ver la gran sonrisa dibujada en en la cara de Don Nicolás, cuando cruzaba la calle de regreso a su casa. Parecía alucinado e iba sin mirar a nadie, según el testimonio dado por Tavo a las autoridades, añadiendo que lucía en esos momentos 40 años más joven.

Don Eleuterio Pernalette según testimonio jurado, había pasado frente a la carnicería. Pernalette, quién dijo que su diligencia tenía que ser cumplida antes que terminara ese día. También dijo el ebanista que la segunda vez tuvo suerte, y encontró a la joven, pudiendo entregarle el sobre amarillento, con su nombre en el frente y en el que ella enseguida reconoció la letra de su madre. El ebanista salió del edificio satisfecho de haber cumplido con la palabra dada a su amiga Ernestina Gómez la Catorceava unos años atrás. Dejo a Ernestina, la última, con el sobre en sus manos, mirándolo sin sorpresa porque tenía casi la seguridad de lo que la carta de su madre decía. Al viejo Pernalette hasta le pareció que la muchacha estaba esperando aquella carta. Aparecía todo esto escrito en el testimonio oficial de Don Eleuterio Pernalette. Agrego el buen Ebanista, quien conocía a Ernestina desde niña, que no parecía la misma alegre y vibrante muchacha que él prácticamente vio nacer. "Ernestina parecía ausente y sobre todo profundamente triste. La carta no le causó sorpresa y hasta me atrevería a asegurar que sabía la muchacha de que se trataba", repitió pensativo, mientras un oficial tomaba su declaración.

Para el jefe municipal ese día era uno de mucho afán: reuniones, comités y papeleo de último momento. Para colmo aquel grupo de inversionistas extranjeros estaban ese día en la ciudad. Lo mantenían agobiado, presionando para que firmara los permisos requeridos para el comienzo de los proyecto de construcción del maldito resort.

La fama de las playas únicas, de los paisajes de Ventura y especialmente de Cocores, unidos a las historias mágicas que envolvían esas tierras, trascendía al mundo exterior, atrayendo consigo los intereses económicos que siempre llegan a explotar y convertir en dinero hasta lo mágico.

Su mente no estaba ese día para los asuntos de la alcaldía, le costaba enfocarse en sus funciones. Había estado con Ernestina cuatro noches antes de la noche de los hechos y allí se quedó su calma, en la cama de Ernestina. Aquella fue la última noche que conoció la gloria estando vivo Casimiro Arbeláez.

Don Casimiro Arbeláez si bien llegó a los límites de su gozo y plenitud espiritual la última noche que estuvo con Ernestina, también le dejó un gran vacío y mucha angustia. Un presentimiento de que aquella era la última de sus citas amorosas con Ernestina Gómez lo embargo, quitándole el sosiego. Se amaron varias veces y en cada una de ellas la mezcla de sensaciones superlativas le dejaba al hombre un sabor a pérdida que no comprendía. Ella no habló mucho ni le dio respuestas a las angustiosas preguntas de su amante. Le tapaba los labios con sus dedos exigiéndole silencio y cabalgaba sobre él hasta que abrazados alcanzaban los confines en donde cuerpo y espíritu se amalgaman, robándoles a ambos el aliento. Después como una niña necesitada de la protección de su padre se abrazaba a su pecho, él la colmaba de tiernas caricias, que ya nada tenían que ver con el sexo. Así se despidió de ella la última vez, así fue la última cita entre el jefe municipal y Ernestina Gómez la quinceava.

Lupe sudaba copiosamente, mientras freía pescado para su hijo, quien no parecía muy apetente y sin ningún interés en comer. Después de llegar de la misa, Lupe como todas las tardes se dedicó a preparar la cena. Cuando dieron las siete entró el carnicero taciturno, ella le preguntó por qué había llegado tarde y él contestó con un tono apenas perceptible que había estado en la playa. La mujer se movía en la pequeña cocina de un lado al otro y Tavo percibió un nerviosismo poco habitual en sus gestos.
Generalmente Lupe era una mujer ecuánime, más bien de carácter tranquilo, claro esta que cuando a las Ernestina se refería ella perdía toda calma y objetividad y se convertía en la más agresiva y amarga de las criaturas.

Lupe se movía de un lado al otro de la pequeña estancia con un despliegue de ruidos producidos por el chocar del peltre y de los cacharros de cocina; todo parecía caérsele de las manos y no atinaba a hacer sus acostumbrados oficios con la misma destreza que le daba la experiencia. Ese noche cualquiera que la viera, y así lo estaba pensando su hijo, creería que su madre nunca había freído un huevo o que simplemente su mente había volado lejos y solo sus nervios alterados quedaban en su cuerpo. Llevó el pescado y las viandas hasta la mesa en donde Tavo esperaba más por costumbre que por apetito. Realmente pocos bocados de su plato pudo atragantarse. Al menor descuido de su madre puso en la basura lo que tanto había luchado Lupe ese día por prepararle.

Ninguno articuló palabra, el silencio pesaba entre los dos, una energía más fuerte que la más tenaz discusión mediaba en el ambiente de la casa de Lupe Rojas, la noche anterior a la madrugada de los hechos.

El ultimo día que Mateo y Ernestina estuvieron juntos él la llevo a su casa. Al llegar, tomándola en sus brazos puso a Ernestina sobre la cama de sus padres, era la primera vez que la traía, no por no desearlo sino porque la muchacha siempre declinaba las invitaciones de Mateo, pero ese día en particular había sido por petición de ella. La llevó en brazos y la colocó con tal cuidado, que ella emocionada lo abrazó largo y silenciosa.

Describir ese día de Mateo y Ernestina no sería justo, porque no hay palabras que describan con justicia lo que allí pasó. Bajo los ojos atentos de las ninfas que desde los lienzos de su madre los miraban complacidas, se amaron sin límites. Todo escaparía a ninguna descripción justa de lo allí acontecido. Después de ese día Mateo no volvió a ver a Ernestina. Ella se fue al caer la tarde, lo

139

dijo Mateo bajo juramento, aunque no tenía forma de probarlo, pero tampoco había testigo que asegurara lo contrario.

Tavo, como siempre aceptó sin reproches el espacio que Ernestina había puesto entre ellos. Sabiendo las razones que le acudían y que él debía olvidarse de ella para siempre. No regresó para el carnicero el sueño, ni el apetito, ni mucho menos la tranquilidad de su espíritu. Las horas de cada día eran una angustia y el aire parecía viciado, y que no le llegaba a sus pulmones. Las ojeras crecían con su barba, al pasar los días, y una expresión férrea e impenetrable sustituyó la del feliz y afable carnicero al que todos en Cocores estaban acostumbrados. De esa manera lo dijeron los vecinos que fueron interrogados después de los hechos.

El Doctor Marino, abogado de la familia Gómez, también había estado por allí. "A las tres de la tarde exactamente", dijo Tavo sin titubear; porque en el mismo momento que el viejo flanqueaba el umbral de la carnicería preguntando por el domicilio de Ernestina, él miraba el reloj, que no era su aliado ese día, pues cada hora se le hacía una eternidad. No veía el momento de salir aquel día de su trabajo. El Doctor Marino se presentó con nombre y apellido ante Tavo, quien cansado de dar explicaciones a los que por ella preguntaban, se limitó solamente a indicarle al viejo que ella vivía en el tercer piso del edificio.

El Doctor Marino subió hasta el tercer piso del 705 en busca de Ernestina, a quien le llevaba buenas nuevas, solo que nadie pudo dar fe de lo que aconteció en aquella reunión, pues el viejo esa misma noche de los hechos, sufrió un sincope fulminante que se lo llevó a mejor vida la misma noche de la desaparición de Ernestina. Si cumplió su cometido y vio a Ernestina para enterarla del testamento, que la convertiría en una mujer rica, tampoco lo sabemos porque la carta y el testamento desaparecieron para siempre.

A Francisco Gómez, recordaron varios vecinos haberlo visto ya caída la tarde, y lo recordaban bien, porque no aparecía por el barrio desde aquel día en que la muchacha lo había hecho salir con el fundillo al aire. Fueron muchos los que juraron verlo esa tarde, bajarse de su auto y subir las escaleras del edificio en donde vivía la muchacha. Después diría el muy mentiroso, en su testimonio, que había acudido a un llamado de Ernestina, quien necesitaba de su ayuda, porque tenía un problema muy grave. Agregando, el muy ladino, que él desprendiéndose de su orgullo acudió al llamado haciendo caso al dictado de su bondad. Aseguró a continuación, que al llegar hasta la casa de la muchacha no la encontró. En este punto hubo muchas dudas porque algunos coincidían que lo vieron bajar casi enseguida y otros juraban que el carro de Francisco estuvo casi una hora aquella tarde, estacionado frente al edificio de los hechos. Nunca la policia de Quinvores, pudo verificar realmente cuánto tiempo en realidad estuvo Francisco Gómez en el edificio # 705. Tavo dijo que si lo vio llegar y dio constancia de la hora. "Eran las cinco," dijo, "porque cuando el señor llegaba, yo estaba cerrando la carnicería". De la hora de salida de Francisco Gómez no pudo decir nada, porque él después de cerrar la carnicería, dijo que se había ido a la playa. Pero su madre le había dicho, que había pasado por el edificio, justo cuando el viejo Gómez salía y que ya eran pasadas las seis, pues ella venía de la misa de las cinco de la tarde. Aunque Lupe, solamente le dijo a Tavo lo anterior, nunca le dijo a la policía haber visto a Francisco Gómez saliendo del edificio #705 después de la seis de la tarde de aquel día. Ella lo aseguraba ante su hijo, pero el cura la contradijo y admitió haber dado la confesión a Lupe un poco antes de las cinco, que después la vio sentada en los bancos de atrás al comenzar la misa. Dijo también el Señor cura que se extrañó, pues había muy poca gente en la iglesia a esa hora y Lupe acostumbraba a sentarse siempre en los bancos del frente. Para el momento de la comunión ya Lupe no estaba, o por lo menos el cura no la vio en la iglesia, tampoco se dio cuenta en qué momento se había marchado. La misa terminaba exactamente a las seis de la tarde. Los feligreses que fueron entrevistados también decían no haberla visto para el final de la ceremonia o por lo menos no recordaban. Solamente Doña Tulsa, una viejita casi centenaria, pero de mente muy clara, pero bastante cegata y media sorda, dijo haber estado sentada cerca de la mujer todo el tiempo y que la vio salir muy rápido al final de la misa. La anciana inclusive aseguró que hasta habló algunas palabras con ella y que su perfume con aroma a gardenia lo tuvo en la nariz toda la misa. Doña Tulsa dijo acordarse incluso, que Lupe se despidió precipitadamente al terminar la ceremonia, dándole una palmadita en su hombro y saliendo del templo con premura.

XV
Conclusión de los hechos

Conclusión de los hechos acaecidos en el edificio #705 de la calle principal de Cocores del municipio de Constanza realmente no hubo, porque si bien la policía de Ventura aplicó todos los métodos y técnicas, que por cierto en esos tiempos eran muy poco sofisticados en Paraná, e interrogó a todos y cada uno de los vecinos por orden de relevancia a los hechos, no se pudo aclarar la tragedia. Tomándose en cuenta que todos en el lugar parecían muy afectados e interesados en dar luz a la desaparición de Ernestina Gómez la Quinceava, decimos desaparición, porque tampoco nunca hubo cadáver.

Casimiro Arbeláez a eso de las diez de la noche del último día y cuatro días después de la última vez que estuvieron juntos, angustiado por un presentimiento oscuro acudió a la vivienda de la muchacha, para asegurarse que ella estaba bien. Tocó repetidas veces y al no recibir respuesta se marchó para regresar dos horas más tarde. Ya era la medianoche, tocó la puerta de Ernestina de nuevo sin obtener respuesta, regresó a su casa y se metió en la cama, en vano busco el sueño, una angustia lo ahogaba. Según su testimonio la certidumbre de una desgracia lo invadía. A eso de las dos de la mañana se vistió y salió de nuevo en su auto rumbo a Cocores. Las calles estaban desiertas y llegó en unos minutos. Fue en ese instante, en el que arribó frente al edificio, que tantas veces lo vio salir feliz, que el jefe municipal descubrió la sangre que salía del edificio y que corría por la calle rumbo al mar. De tres zancadas subió hasta el tercer piso y pudo comprobar que el líquido granate, brillante y con aroma de canela, miel y flor de naranja emanaba de la casa de su amada, cayendo de piso en piso hasta llegar a la calle. Tumbó la puerta de varios golpes, ya todos los vecinos comenzaban a salir de sus casas atraídos por el aroma e invadidos de tristeza. Los gritos desesperados del hombre dieron la alarma que algo terrible había sucedido y alguien llamó a la policía. Cuando las patrullas de Constanza llegaron y los policías subieron hasta el apartamento de Ernestina se encontraron al jefe municipal con la ropa ensangrentada de la muchacha abrazada como si fuera ella y llorando desesperado de rodillas ante el lecho.

La policía parecía tan desconcertada y triste como los vecinos. Para la policía no era un acontecer común en Ventura y mucho menos en el barrio Cocores, en donde nunca los ocupaba un crimen. Sus funciones se desenvolvían entre uno que otro borracho impertinente, trifulcas de marido y mujer, y algún robo menor. Las tragedias eran muy pocas y siempre era algún ahogado en la playa, que no era muy frecuente. Tampoco nunca les ocupaba un suicidio, a no ser por la desaparición de Juan y la muerte de Ernestina la catorceava que las habían clasificado como tal. Las armas de los oficiales se les enmohecían en sus capuchas sin usarlas, y cuando correteaban a algún ladronzuelo, disparaban al aire para asustarlo, más de una vez sus armas se trancaban y no respondían por lo obsoletas que eran. Pero lo que mas complicaba el caso para los desconcertados agentes era que a pesar que la cantidad de sangre en la cama y la ropa empapada del líquido que sin duda alguna pertenecía a la muchacha, no había señales del cuerpo.

Aquella cama testigo de tantos placeres y goces espirituales, en donde se cuajaron proyectos y se materializaron sueños estaba vacía, el blanco con el que Ernestina siempre vestía se había tornado de un rojo odioso que anunciaba muerte. Casimiro Arbeláez, después que la policía ya había hecho el reporte y todo el proceso de rigor, salió desbastado a la calle a anunciar a los vecinos de Cocores la nefasta nueva. Entre ellos estaban Tavo y Lupe a su lado, sin pronunciar palabra y temblando de pies a cabeza.

También Don Eleuterio el ebanista estaba allí, preguntándose si su encomienda habría llegado a las manos de Ernestina. Parado, no muy lejos de Pernalette, apoyado sobre su bastón, miraba atónito la escena Don Nicolás Benavidez. El vecino del edificio de enfrente, derramaba un torrente de lágrimas y gemía desesperado como un crío. En verdad a esas alturas todos lloraban a raudales, incluyendo a los policías haciendo entre todos un solo sonido que en la noche se escuchaba en Cocores una lastimera música con esos sollozos. No se sabía si era por los hechos acaecidos en el #705 o si era aquel aroma que expelía la sangre lo que los tenía a todos con el corazón compungido y llorando desconsolados.

"En el tercer piso de este edificio #705", dijo el jefe municipal aclarando su voz repetidas veces quebrada por el llanto. "En el apartamento propiedad de la señorita Ernestina Gómez y según las conclusiones por las evidencias encontradas"... carraspeó nuevamente y se limpió las lágrimas con su pañuelo... "Ha sucedido una tragedia y todo parece indicar que la muerta es la señorita Ernestina Gómez, la Quinceava". En este punto una exclamación general se escuchó, interrumpiendo el lamento colectivo. Casimiro continuó: "digo indicar porque en la escena no hay arma ni cuerpo, solo se encontró la ropa empapada de sangre de la Señorita Gómez sobre su cama, la misma sangre que ustedes ven correr. El apartamento estaba cerrado, todo indica que no hubo violencia, ninguna huella extraña fue encontrada ni indicio de la presencia de otra persona. La policía iniciará la investigación, todos serán llamados para dar testimonio y tal vez así encontrar una luz que nos lleve a una explicación de los hechos y quizás al cuerpo de la señorita Gómez".

Así todos asumieron que Ernestina Gómez la Quinceava había muerto, y la presunción era lógica tomando en cuenta todas las circunstancias. El apartamento de la joven fue clausurado por las autoridades dando la orden de que nadie se acercara hasta el mismo. Según Casimiro Arbeláez el primero en llegar hasta la escena y de los policías quienes llegaron un rato después, allí no había ningún sobre, refiriéndose al que Eleuterio Pernalette aseguraba le había entregado a Ernestina. Tampoco había ningún otro rastro, todo estaba limpio y en orden, a no ser por la cama teñida de sangre y el camino que esta marcaba asía el exterior del apartamento. Tampoco se encontró, para beneplácito de Francisco Gómez, la carta que el Dr. Marino debió entregarle y que él nunca mencionó a las autoridades.

Todos los vecinos de Cocores, llorando convulsivamente, estuvieron de acuerdo, cuando uno de ellos entre hipos y sollozos le pidió al Jefe Municipal que los subieran en grupos de siete en siete, hasta el tercer piso, porque todos, según él hombre, tenían derecho a ver de sus propios ojos el lugar de los hechos. El jefe al igual que los oficiales aceptó la justa propuesta y organizaron a los presentes, incluyendo a Lupe, Tavo, Don Eleuterio y a Don Nicolás. La gente no cesaba de llorar y, en grupos de siete fueron dirigidos hasta el tercer piso. Cuando ya habían llevado al último grupo, tantas fueron las lágrimas derramadas por todos los presentes que lavaron la sangre desde el apartamento de Ernestina y todo su recorrido hasta llegar al mar. Después de esto los vecinos de Cocores ya resignados en su pena y todavía gimoteando, entre suspiros e hipos se fueron retirando a sus casas, agotados pero con una sensación de alivio por lo mucho que habían llorado. Ya para entonces el cielo estaba despejado, el sol empezaba a divisarse en el horizonte y los gallos cantaban anunciando el nuevo día.

El supuesto crimen nunca se resolvió. La investigación duró muchos meses en los que fueron todos a declarar, pero en ninguno de los testimonios se encontró la luz para resolver el caso. Todos parecían tener que decir algo que no concordaba con lo dicho por el anterior, y cada vez que interrogaban algún vecino un elemento nuevo surgía, que en vez de aclarar las cosas las complicaba. Por ejemplo, mientras el cura y algunos feligreses insistían en que Doña Lupe no estaba al final de la misa, Doña Tulsa juraba con la Biblia en la mano que estuvo a su lado hasta finalizar, o mientras Don Eleuterio decía que la prisa no le acudía la segunda vez que fue a ver a Ernestina, Tavo aseguraba que el viejo paso con mucha premura en sus pasos en esa ocasión. Doña Lupe con su testimonio comprometía la palabra de Francisco Gómez porque ella insistía en haber visto el auto del hombre, un poco después de la seis de la tarde frente al edificio #705, y así todos se contradecían sin excepción. Sumado a la poca experticia de los agentes en casos difíciles, la carencia de recursos para los mismos y para rematar la desaparición misteriosa del cuerpo, el caso se convirtió en un enigma que quedaría en la historia del barrio Cocores, de la ciudad y del todo país de Paraná para siempre. En realidad la policía estaban tan desconcertados como la gente de Cocores y toda Ventura,

XVI
Lo que nadie nunca supo...

Lo que nadie nunca supo... porque solo Ernestina y Tavo podían dar testimonio de lo mismo, pero que nunca lo harían. Un pacto de silencio, acordado sin palabras, al desaparecer Ernestina la Quinceava dejó a Tavo con un secreto que llevaría hasta la tumba. Pocos días antes del día en que en la madrugada Cocores cambió su curso para siempre, en una noche tibia, en que la brisa movía las palmas y el mar rugía como de costumbre, no muy lejos de ellos, la pareja sentados en las escaleras de entrada del edificio en donde vivía Ernestina, conversaban amenamente. Solían hacerlo, recordando anécdotas y situaciones de esa vida que los había visto crecer muy juntos. Ernestina con su larga cabellera suelta, como siempre la llevaba, de repente la agitó con gracia poniendo su cabeza en las piernas de Tavo, quien deleitado comenzó a jugar con su melena, separando los mechones suavemente y acariciando su cabeza. Al separar un mechón de cabello vio lo que nunca había visto, la marca de nacimiento en forma de herradura, pequeña y perfecta, contrastando con el cuero cabelludo de un blanco reluciente. Tavo paralizado se quedó mudo por unos instantes. Ernestina aun ajena a lo que pasaba, sacudido la cabellera liberándola de las manos de Tavo. El joven atónito, no articulaba palabra. Al ver a su amigo pálido como un papel y con expresión descompuesta, le preguntó preocupada qué le sucedía

Tavo balbuceando logro articular una frase: "no sabía Ernestina, nunca...nunca lo vi, nunca me dijiste"...

Ernestina alarmada brincó del escalón y se puso de pie preguntándole: "De qué hablas Tavo, qué no te dije?".

Tavo aún sin reponerse, pálido, por fin tomó aire. Miraba a su alrededor con desesperación como buscando una salida a aquella absurda situación. Ante la insistencia de Ernestina, como pudo, balbuceando en tono bajo y torpe logró decir: "tu lunar... el lunar en tu cabeza".

La muchacha que no entendía nada, respondió confundida: "¿qué pasa con mi lunar, el que tengo en mi cabeza, la pequeña herradura?"... Tavo asintió con un movimiento de cabeza, al mismo tiempo inclinándose y abriendo su cabello le mostró a Ernestina el lunar idéntico. Tavo lo había heredado de su padre y Ernestina bien sabía que no era herencia de los Gómez.

Como dos espectros, se separaron aquella noche. Ernestina sudaba copiosamente y sollozaba sin hablar, porque las palabras sobraban, las explicaciones eran inútiles porque no había ninguna, ni siquiera trazar un plan o buscar ayuda, nada podían hacer. Era una revelación terrible, devastadora para ambos, que inmediatamente les cubrió de vergüenza. Lo que era hermoso se volvió odioso, lo dulce amargo, lo claro oscuro. Esa fue la noche que Tavo y Ernestina hablaron por última vez.

XVII
Peter Grant

Mr. Peter Grant estaba inquieto en su butaca de cuero, la que había hecho traer desde Estados Unidos a su habitación en el único hotel de la ciudad de Ventura. En realidad el hotel era uno pequeño, establecido en un viejo edificio de dos plantas y con apenas 50 habitaciones, pero que en medio de la sencillez no dejaban de ser confortables, muy limpias, con una decoración en donde los elementos naturales; como las piedras y caracoles, las palmas y los cocos estaban presentes. No podemos dejar de mencionar el servicio de los amables empleados, que hacían la estadía más confortable, todos eran nativos de Paraná, que aunque no era profesionales, tenían mucha calidez humana y esmerada atención, que dejaba siempre a los huéspedes encantados.

Mr. Grant tomaba un Whisky añejo, que había traído también de Estados Unidos, seguro que en aquella remota pequeña pieza de tierra no podría encontrar una bebida a la altura de su paladar. Inhalaba a ratos su pipa de fina madera. Degustaba ambas cosas con deleite y sin premura. Sabía que la estadía se prolongaría por varios meses, para él su butaca era casi tan importante como Helen, su mujer, a quien llevaba en todos sus viajes de negocios y quien lo asistía en ellos con gran eficiencia.

Los dos hijos de la pareja ya estaban adultos y graduados, vivían vidas independientes desde muy jóvenes. Peter Grant era un defensor del derecho de la pareja a hacer su vida con libertad, sobre todo después de haber los padres cumplido con sus obligaciones y sacar los hijos adelante. Los de ellos ya lo habían hecho a cabalidad. Esa noche Mr. Grant estaba cansado, no se imaginó cuando llego a ese diminuto país que encontraría tanta resistencia para comenzar la construcción del resort, ni la pasión del Jefe Municipal de Quinvores por defender los intereses de su municipalidad, sin importarle ni siquiera los ofrecimientos solapados de grandes mordidas de dinero. Por fin todo estaba preparado, era asunto de un par de firmas y dar la orden para que las enormes máquinas excavadoras llegaran a la playa de Cocores, e iniciaran la obra. No entendía los remilgos de aquellos tercermundistas que encontraban encanto en la falta de comfort y defendían con orgullo una sarta de costumbres absurdas, que nunca los sacaría de la pobreza. Un trabajo arduo fue llevar a todos por el redil de la lógica, sobre todo a Casimiro Arbeláez y que se firmaran todos los permisos y licencias necesarias, amén de aceptar como accionistas a algunos que fungieron parte vital en la manipulación del poder para lograr el contrato. Los propietarios de las casitas de Cocores fueron convencidos de vender sus propiedades por cantidades, que si bien a ellos les parecieron astronómicas, no representaban ni la milésima parte del valor de lo entregado. Pero de todas maneras los pobres Cocoreños se sentían millonarios con ese dinero y esperanzados por las promesas de que después de construido el resort todos tendrían trabajo. Al final los Cocoreños vendieron sus playas, sus casas, sus costumbres y su magia todo en pro de la esperanza de una vida mejor, del progreso.

Helen se levantó del lecho, envuelta en su salto de cama se asomó al balcón que daba a la playa despejada, libre de cemento que interrumpiera su vista, llena de palmas y naturaleza plena. "Peter, yo puedo entender de alguna manera la resistencia de esta gente, sus vidas no serán nunca más como hasta ahora. Lo que para nosotros es vital para ellos es mortal, ellos viven de sus historias, de sus costumbres, de su magia, nosotros no tenemos eso en nuestro país".

"Si", respondió sarcástico Peter Grant a su mujer... "pero tenemos dinero baby, eso lo mueve todo".

Cuando Peter y Helen se conocieron ambos acudían a la Universidad de Miami. Los padres de él habían trabajado en la industria del turismo por muchos años, de donde Peter había heredado no solo una cuantiosa fortuna sino también su vocación por la misma industria que había enriquecido a su padre. El padre de Helen era un viudo millonario dedicado a la construcción y a la crianza de su única hija que había perdido a su madre al nacer. Ambos padres vieron con beneplácito la relación de los jóvenes, quienes al recibir sus diplomas de ingenieros se casaron. Fue propicio para el desarrollo de Peter tan conveniente matrimonio, aunque él realmente amaba a Helen, quién con su centrada personalidad e inteligencia sería además la compañera ideal. Y lo fue, Peter y Helen eran la representación del sueño americano, unieron fuerzas y metas. Encaminaron ambas carreras a la industria hotelera, que ya Peter conocía de sobra, por la experiencia de su padre y los muchos veranos que le obligó a trabajar con él, mientras era estudiante. Cualquier costa hermosa y no explotada, era ideal para llevar el concepto de resort. Una modalidad que crecía y daba gigantescos dividendos. Si bien fue la fortuna de su padre lo que le permitió concretar sus primeros negocios, también era verdad que Peter con la ayuda de su esposa y uniendo sus fortunas creó un imperio. En cada lugar escogido, después de estudiar a profundidad las condiciones, Peter y su empresa invadían el espacio de las palmas; tumbando cientos de ellas con maquinas gigantes, construyendo en su lugar edificaciones enormes de concreto, con modernas habitaciones y balcones idénticos que daban al mar, piscinas turquesas, canchas y centros de entretenimientos; todo preparado para recibir eficientemente a miles de personas cada año. Después de terminadas las obras, las playas se poblaban de coloridas sombrillas y de gente extranjera. A los dueños por derecho de esos espacios los disfrazaban con uniformes para servir a los turistas, a cambio de un sueldo mediocre y propinas; sin tener el derecho de usar las playas que los habían visto nacer. Las playas más remotas se acondicionaron modestamente convirtiéndolas en balnearios públicos para la gente del lugar.

Mr. Grant esperaba con impaciencia que terminara pronto el revuelo que tenía a todos los Ventureños revueltos, tenía que ver con la desaparición de la bella muchacha que el jefe municipal del distrito de Constanza había llevado a la cena del gobernador unos meses atrás. Una vez se terminara la obra, él regresaría con su esposa a Estados Unidos.

XVIII

El Progreso

Años han pasado desde aquella fecha en que todos los cocoreños lloraban al unísono lavando con sus lágrimas la sangre de Ernestina la Quinceava. Su cuerpo nunca apareció, nunca se supo cómo murió ni quién fue el culpable, si fue que hubo uno.

Tavo, quien nunca dejo de ser carnicero, después de unos años y antes de morir su madre, se casó con una muchacha buena, bonita y de carácter dulce y sin complicaciones, quien si bien no tenía la magia de Ernestina, le dio media docena de hijos para el disfrute de su madre y a él una vida serena y feliz, con el recuerdo de la Quinceava en un lugar secreto de su corazón. Lupe vivió hasta muy anciana, disfrutó a cabalidad el ser abuela. Su odio por Ernestina se convirtió en respeto y pidió perdón en la iglesia cientos de veces por aquel sentimiento terrible, que le llevó más de la mitad de su vida. Desde aquella noche que aspiró el aroma de la sangre que corría en la calle proveniente del #705 del Barrio Cocores, el rencor desapareció para dar paso a un sentimiento parecido al afecto por Enestina Gómez la Quinceava.

Mateo Armenteros llegó a alcanzar una fama que lo llevó al exterior, no regresó a Paraná por muchos años. Cerró su casa junto a las más hermosas memorias de su vida. Un fiel vecino de los alrededores estaba a cargo de mantener la propiedad a cambio de una cantidad generosa que Mateo le enviaba mensualmente. Estaba seguro que algún día regresaría, quizás ya viejo, para rememorar en letras cada una de las memorias indelebles de Ernestina la Quinceava, de su Ernestina. De él se supo que vivía unido a una pintora francesa, que nunca tuvo hijos, que sus obras más impactantes, las que lo llevaron a la fama internacional, todas fueron las inspiradas por el dolor de haber perdido a su Ernestina. En todos los rostros femeninos que pintaba siempre había un rasgo de la muchacha de Cocores.

El jefe Municipal renunció al cargo después de los hechos. Al tiempo, cuando ya estaba cerrada la investigación se fue a vivir a un pueblito lejos de Cocores, llevándose todos sus libros y los que se encontraron en el apartamento de la muchacha, quien le hizo feliz en cada encuentro, en el ocaso de su vida. Logró rescatarlos sin trabajo porque a los Gómez un montón de libros viejos no les interesaba para nada, así que él los tomó como recuerdo de su amada, con ellos se marchó a otras tierras. Mientras tanto esperaba la muerte, la única esperanza que tenia de volver a estar con su Ernestina.

Francisco Gómez siguió siendo el mayor heredero y administrador de la fortuna de la familia, porque Ernestina así lo quiso. Nunca hubiese pretendido hacer uso del derecho que le otorgaba aquel testamento. Lo que si no sabemos es si aquella tarde, en que Francisco Gómez fue visto frente al edificio #705, hizo algo para asegurarse lo que más ambicionaba. Multiplicó la fortuna con la buena inversión del Cocores Hotel and Resort. Vale aquí decir que lo que se hereda no se hurta, porque lo que si heredó fue la misma enfermedad que había visitado a la familia más de un siglo atrás. Le atacó poco después de construido el complejo turístico y cuando se comenzaba a saborear el manjar millonario. Una inflamación inusitada, dolor y un prurito desesperante se ensaño con sus genitales, quitándole la tranquilidad y haciéndole la vida un infierno. Después de dos años de agonía y dolor insoportable murió, acompañado de una enfermera, porque su mujer en ese momento estaba muy ocupada en una actividad social, a donde la había llevado su nuevo chofer. El mismo año de su muerte, unos meses después, Lía sufrió un accidente automovilístico. Las malas lenguas decían fue causado por la mala costumbre de la mujer de obligar a su chofer a hacer acrobacias con ella ante el volante. Aparecieron los dos cuerpos medio desnudos al final de un despeñadero. Así que Emma no tuvo más remedio que heredar la fortuna de sus padres y regresar a la casona con su Teófilo y sus cinco vástagos, convirtiendo a su negro en el señor de la casona Gómez. Se casaron y cambio el apellido que por tantos años había prevalecido en la mansión, por el de su bien amado negro, Teófilo Rico.

A Nicolás Benavidez no lo vieron más en El Barrio Cocores. Después de casi un mes de la noche de los hechos los vecinos más cercanos empezaron a sentir preocupación por el maestro. Una noche decidieron tocar la puerta del viejo con insistencia y al no recibir respuesta decidieron abrir a la fuerza, temerosos de que Don Nicolás estuviese enfermo o peor muerto. Los recibió una deliciosa brisa con los acostumbrados aromas de coco, miel, naranja y canela, que en esa ocasión los tenía a todos sonriendo y con un contento inexplicable. No consiguieron al viejo por ningún lugar. Fueron todos como hechizados a la habitación principal, de donde salían los acordes de una música muy suave. La misma habitación que había sido de Gayetana y que Nicolás tomó como su única herencia, la de la ventana grande, que por supuesto estaba abierta de par en par y que daba al tercer piso del #705, específicamente al apartamento de Ernestina. La brisa se hizo más intensa, el aroma más fuerte y la euforia de los vecinos completamente evidente. Encima de la mecedora de Don Nicolás que estaba muy cerca de la ventana, y se mecía al ritmo de la brisa, solamente estaba su ropa, la última con la que fue visto la noche de los hechos, y encima de ella sus binoculares y una foto muy vieja de una negrita de ojos muy grandes

    El banco en donde Nácar y Nicolás Benavidez revisaban los libros no existe, en su lugar construyeron un bar de playa para los turistas, quienes disfrutan sentados alrededor de   mesitas al aire libre, en donde se preparan tragos con sabor tropical con nombres alegóricos como: Los Amantes de la Cueva, Ron Nácar o la bebida más popular Whisky coco a la Ernestina.

    La playa de Cocores está ahora poblada de edificios de arquitecturas modernas que se van desplazando hasta casi llegar a la cueva Las Mujeres. En el paseo en donde Mateo Armenteros y Ernestina Gómez se vieron por primera vez, en la exposición de sus cuadros, construyeron un edificio descomunal que abarca toda la playa de Cocores. Con una imponente entrada antecedida de jardines tropicales esmeradamente mantenidos y una fuente en el centro en la cual estatuas representando a un grupo de ninfas echadas se bañan con las aguas que salen del centro subiendo altas y uniformes y luego bajan hasta ellas. "El Lobby", como le llaman los gringos al salón principal del hotel, es una estancia de proporciones muy amplias, con piso de mármol y lujosamente amoblado con muebles muy elegantes. Detrás del escritorio de la recepción una atractiva muchacha luce su uniforme impecable, con gracia le habla a los huéspedes en un inglés correcto, pero con acento. Los botones son todos Cocoreños, muy civilizados, ya habituados a servir a los turistas a cambio de un pequeño salario y sin tiempo libre para bailar en las esquinas y mucho menos para dedicarse a la pesca. Ahora son empleados o del Cocores Hotel and Resort, el primero y uno de tantos que fueron cundiendo las costas de todo Paraná o de cualquiera de ellos. En una pared muy alta en el centro del lobby hay un cuadro que llama la atención de cuanto huésped arriba al hotel. Una mujer con cabellos color castaño con destellos azul verdoso enmarcando su cuerpo, tirada sobre un lecho vestido de blanco y luciendo inocente su desnudes. La pintura del famoso Mateo Armenteros, el cuadro que había pintado para Ernestina y que fue vendido al hotel por la familia Gómez. Igualmente en la suite para los recién casados, en el piso más alto, justamente en el centro de la majestuosa habitación, estaba la famosa cama que llegó a Cocores aquella mañana de algarabía. Puesta allí y ataviada con el lujo del resort parecía el trono de una reina y sobre una mesita al lado del famoso lecho, un panfleto narraba una historia en donde se aseguraba que la cama tenía poderes afrodisíacos que harían más felices a las parejas que allí durmieran, llevándolos a la gloria. Pocos lo admitían porque a la mayoría les daba vergüenza, pero lo que sí es cierto que no hubo pareja que durmiera en esa cama que no salieran de allí flotando, pactando una relación para siempre, claro, después de haber conocido el goce en la Cama de Ernestina Gómez la Quinceava.

    La cueva Las Mujeres ahora es una atracción turística, visitada por las lanchas pintadas de llamativos colores llenas de turistas y manejadas por cocoreños disfrazados ridículamente de piratas, quienes les cuentan a los visitantes una historia de amor entre una sirena y un vagabundo del mar. Según la historia que habían inventado, los amantes concibieron en esa cueva una hija, y después abandonada por su amado, la mujer murió de tristeza. Decían con caras de suspenso que los fantasmas de ambos venían a visitar la cueva con frecuencia. Los lancheros muy serios les juraban a los turistas que la historia era totalmente cierta, que ellos mismos las habían visto muchas veces, que cuando eso sucedía se oía un coro de nereidas entonando melodías celestiales. Los turistas por supuesto nunca tenían suerte de coincidir con las apariciónes que les decían era muy probable que podrían ver. Tenían que conformarse con la historia contada por los lancheros.

    Las negras que movían los calderos, repletos de frutas nativas, con sus enormes paletones de madera para hacer los deliciosos dulces que ofrecían a los transeúntes ya no se veían en las calles de Cocores. Ahora estaban las negras uniformadas de blanco, con redecillas para controlar sus rizos duros y rebeldes y guantes plásticos en sus manos. Trabajaban en enormes cocinas industriales, en la próspera industria de dulces típicos Cocores Sweet Delightful. Porsupuesto los dulces se hacían en series, en las enormes pailas de acero inoxidable, que se movían automáticamente mientras las negras cocoreñas vigilaban las pesadas paletas que revolvían las mezclas. Habían regalado sus recetas a cambio de esperanza para una vida mejor, pero ya se preguntaban cuánto mejor era el famoso Progreso.

Paraná siguió creciendo y su economía ya no dependía solamente de la industria del coco, al contrario ésta pasó a segundo lugar y, el turismo se sembró firme en todas sus costas. Empezó en Cocores y como una plaga se fue propagando hasta que no quedó un espacio de aquellas costas magníficas que no fueran explotadas por esa industria. Hasta la punta de donde venía Juan el pescador tenía ahora un hotel. Las calles estaban repletas de comercio, lujosos restaurantes y modernas viviendas de veraneo. Los Paranameños adquirieron la prisa como parte de su rutina. Ya no habían casas viejas ni edificios con leones que se desmoronaban con los años, ni calles llenas de arenas blancas, ni tienditas en las esquinas con la música típica haciéndolos bailar al pasar, ni negras vendiendo dulces y regalando pruebas, ni niños jugando despreocupados en las calles, ni mucho menos existía ya ninguna Ernestina Gómez. El progreso había llegado y se había quedado para siempre.

INDICE

	Prólogo	3
	Dedicatoria	5
	Introducción	7
I.	La Muerte	9
II.	El Barrio Cocores y el país de Paraná	13
III.	La Cama de Ernestina Gómez	19
IV.	Ernestina la Quinceava	29
V.	El Carnicero	39
VI.	El Jefe Municipal	47
VII.	Mateo	61
VIII.	Francisco Gómez y su distinguida familia	71
IX.	Nicolás Benavidez	83
X.	Gayetana, viuda de Benavidez	95

XI.	Lupe Rojas	101
XII.	Juan el Pescador	107
XIII.	Ernestina Gómez la Primera	115
XIV.	Los Hechos	131
XV.	Conclusión de los hechos	145
XVI.	Lo que nadie nunca supo…	153
XVII.	Peter Grant	157
XVIII.	El Progreso	163

Edición: PCH Productions

Diseño de portada: Wilson Think

CPSIA information can be obtained
at www.ICGtesting.com
Printed in the USA
LVHW091338251019
635347LV00001B/26/P